徳間文庫

仙左とお勢 裏裁き

辻斬り始末

喜安幸夫

徳間書店

目次

一　辻斬りの裏

一

四ツ谷《よつや》御門に近い伊賀町《いがちょう》の茶店、伊賀屋の奥の部屋はいま、憤懣《ふんまん》と緊張に包まれていた。

江戸城の外堀《そとぼり》の一角である。

「むむっ。このご時世に、街角で辻斬《つじぎ》り!?」

「武士が町人を不意打ちで斬殺《ざんさつ》だと!!」

幕末に近いものの、庶民がまだ天下泰平を感じている天保《てんぽう》十二年（一八四一）、夏も終わりに近い水無月《みなづき》（六月）に入った一日《いちにち》、午間《ひるま》のことだ。

元徒目付《かちめつけ》の伊賀屋伊右衛門《いえもん》と甲州屋甲兵衛《こうしゅうやこうべえ》が、町場で突然発生した辻斬りに憤懣を吐露《とろ》している。ふたりともいまは隠居の身で伊賀屋伊右衛門は町場の茶店のあるじに収まり、甲州屋甲兵衛はおなじく伊賀町に口入屋《くちいれや》の暖簾《のれん》を張っている。ただの店構《みせがま》えではない。どちらも目付御用達《ごようたし》の商《あきな》いなのだ。大目付《おおめつけ》が大名家支配であれば、目付は旗本支配である。さらに徒目付は、目付の差配《さはい》で現場に走る、町奉行所でいえば町まわりの同心にあたる。伊賀屋伊右衛門と甲州屋甲兵衛が、伊賀屋の奥の部屋で膝《ひざ》を突き合わせれば、いつも同座する者がもう一人いる。現役の徒目付、野間風太郎《のまふうたろう》である。

さらにこの三人が膝を寄せれば、かならず出てくる名がある。三十路《みそじ》の色っぽい年増《としま》芸者のお勢《せい》と、お勢より五歳若い溌剌《はつらつ》とした鋳掛屋《いかけや》の仙左《せんざ》だ。ふたりはどういうわけか実の姉弟《きょうだい》だ。

いまも伊賀屋伊右衛門と甲州屋甲兵衛が、辻斬りへの憤《いきどお》りを口にしたあと、

「あのふたり、この件にも勝手に動き出さぬかと心配です」

現役徒目付の野間風太郎が言った。

伊右衛門と甲兵衛も、

「黙っちゃいまいな。まえに無礼討ちの武士を秘《ひそ》かに成敗したように……。血筋かのう、あの姉弟」

「そのようだ。もうふたりとも耳にしていようかのう。いきり立っておらねばいいのじゃが」

などと懸念を口にする。

現役の野間風太郎が、いくらか落ち着いた口調でつないだ。

「殺された町人の名は判《わか》っていても殺《や》ったさむれえが誰だか、かわら版屋の矢之《やの》市《いち》もまだつかんでいないようですから、ふたりがきょうあすにも匕首《あいくち》を手にすることはありますまい」

「そうであればいいのじゃが」

伊右衛門がつないだのへ、甲兵衛もうなずきを入れた。

旗本支配の目付に関わる三人が辻斬りのうわさを耳にし、まっさきにお勢と仙左の動きを気にしたのには理由《わけ》がある。ふたりとも市井《しせい》で芸者と鋳掛屋という看板を張っていても、出自《しゅつじ》は武家なのだ。それもいまをときめく老中水野《みずの》忠邦《ただくに》をあるじとする水野家江戸藩邸の筆頭家老だった。

二十四年まえのことだ。忠邦は幕閣《ばっかく》での栄達に奔走執着し、家臣団から誰か殿を諫《いさ》める者はいないかとの声が高まっていた。一人いた。江戸筆頭家老の二本松《にほんまつ》義廉《よしかど》だった。きつく忠邦を諫め、割腹《かっぷく》した。諫死《かんし》である。聞く耳を持たない忠邦は激怒し、側近に命じた。

「——義廉の血筋を根絶やしにせよ！」

義廉には幼子《おさなご》がふたりいた。六歳になる女の子と、一歳の男の子だった。

周囲の者はふたりの子を武家社会から町場に隠した。これが奏功《そうこう》し、水野家の家臣団は小さなふたりを見つけ出すことはできなかった。その両名が、今年三十歳になる色っぽい年増芸者のお勢と、二十五歳の腕のいい鋳掛屋の仙左だった。

伊右衛門が〝血筋かのう〟と言ったのは、このことである。

伊賀屋の奥の一室に、三人の声はなおも聞かれる。

「両名とも武家の出を自覚しておるゆえ、武士の町人に対する理不尽は、なおさら許せぬのじゃろ」

「わしらも武家の者として、頭の痛いことじゃ」

また伊右衛門が言ったのへ甲兵衛がつなぐ。

そこへ野間風太郎が、

「そのことも然《さ》りながら、伊賀町の長屋にお勢を残したまま、仙左だけを家移《やうつ》りさせましたが、それだけでその当時、水野家横目付の石川儀兵衛《いしかわぎへえ》の目をくらませられましょうか。石川儀兵衛どのはあるじの忠邦公が老中になられると同時に、幕府のお目付に就《つ》きなされた。しかも相当執念深い御仁《ごじん》と聞きますぞ」

と、話題をふたりの保護に変え、心配そうに言った。

伊賀町の隠居と現役の徒目付三人は、諫死した親の血を引くお勢と仙左が、これから評判になるであろう辻斬りにどう反応するか心配だった。だがそれよりも、水野家横目付だった石川儀兵衛の配下が、お勢に二本松家の直系の娘ではないかと目をつけたことのほうが、懸念の材料となっていた。

大名家で藩主が家臣に命じたことは、藩主が撤回しない限り家臣のなかに生きつづけるのだ。二十四年まえ、忠邦から〝二本松家の血筋は根絶やしにせよ〟との下命《かめい》を受けたのは、当時藩横目付の石川儀兵衛だった。その後、上昇志向の効あって幕府最高位の老中首座に登りつめた忠邦が、そのときの下知《げじ》をまだ覚えているかどうか、当人に聞いてみなければ分からない。いずれにせよ拝命した石川儀兵衛には、幕府の目付に就いた現在も、主君からの直々の下命として生きつづけているのだ。

伊賀屋伊右衛門と甲州屋甲兵衛の隠居ふたりは、

「——水野家のご家臣から聞いたのじゃが、あの御仁《ごじん》、それを忠義と信じておいでのようなのじゃ」

と、野間風太郎に語ったことがある。実際、そうなのだ。

お勢と仙左は、いまなお二十四年まえの水野家横目付から探索され、命を狙《ねら》われているのだ。

その網に、武家の主催するお座敷によく出ていたお勢が引っかかったのだ。探索らしい男たちが、お勢の住む伊賀町の長屋のまわりをうろうろし、聞き込みまで入れたのでは、現役の徒目付と隠居の元徒目付であればすぐに気がつく。

おなじ長屋の別の部屋に仙左がいる。長屋の住人も近所の者も、お勢と仙左の素性は知らないものの、

「——まるで姉と弟みたいな」

と、言っている。ふたりの雰囲気から、周囲はそう感じるのだろう。

お勢と仙左たち自身も姉弟《きょうだい》として育ったのではなく、江戸市中を幾度か家移《やうつ》りするうちに、天の配剤《はいざい》かたまたまおなじ長屋に住まいし、互いに感じるものがあり、話し合う機会も得て姉と弟であることを確信したのだ。野間風太郎たちおなじ伊賀町に住む徒目付と隠居ふたりも、似た感触を得て背後を調べてみると、まさに姉と弟であり、二十四年まえの水野家の諫死騒動まで行きついて仰天し、隠居ふたりは即座に、

「――おなじ町内に住まうも縁あってのこと。われらの手で護《まも》ってやろうではないか」

「――よかろう。おもしろい」

と決意し、現役徒目付の野間風太郎も、

「――私もこの件に関しましては、しばし役務《やくむ》を離れましょう」

と、話に加わったのだ。

現役の徒目付と隠居の元徒目付が、いまは老中の水野家から命を狙われている仙左とお勢を〝護ってやろう〟というのだから、ことは尋常ではない。

風太郎は護りの一環として、仙左ひとりを家移りさせ、お勢を長屋に残したま

まにした。石川儀兵衛の目をくらませるためである。

石川儀兵衛が配下の報《しら》せで直接伊賀町に足を入れ、お勢と仙左がおなじ長屋に住まいしているのを見たならどうなる。儀兵衛はいまは幕府の目付で、しかも元熟練の藩横目付であり、感覚には鋭いものがあるはずだ。ひと目で〝かつて行方《ゆくかた》知れずになった姉弟《きょうだい》〟と気づくかも知れない。それで急遽《きゅうきょ》、茶店の伊賀屋伊右衛門と口入屋の甲州屋甲兵衛が、仙左をおなじ四ツ谷で伊賀町から離れていない伝馬町《てんまちょう》の長屋に家移りさせ、仙左の住んでいた伊賀町の長屋には、年格好が仙左に似たかわら版屋の矢之市を入れたのだった。こうした迅速な手配など、おもて向きは風太郎の差配だが、目付御用達の伊右衛門と甲兵衛にはお手のものだ。

だが野間風太郎は、仙左だけを家移りさせたことには懸念を抱《いだ》いていた。これには伊右衛門が、

「水野家の横目付に目をつけられたからといって、両名とも家移りさせたのでは、石川儀兵衛はかえってふたりをあのときの姉弟かも知れぬと推測し、探索の手を強化しよう」

「さよう。ここはさりげなくやるのがよいのだ。向こうさんが矢之市の存在に気

づき、やつの以前をどんなに調べようと、遊び人のかわら版屋の生い立ちだ。武家との係《かか》り合《あ》いなど出てくるはずがない。うまく行けば、それでお勢への疑いも消えるかも知れぬ」

と、甲兵衛もあとをつないだ。

さすがに元徒目付のふたりは巧妙らしからぬ巧妙さを発揮し、現役の風太郎もすでに四十歳であれば、先達ふたりに倣《なら》う経験はすでに積み、役務は熟練の域に達している。

三人の判断はまさに間一髪だった。水野忠邦への忠義心からであろう。石川儀兵衛が水野家横目付だった昔の身分で供の者をつれ、伊賀町の茶店伊賀屋に入り、あるじの伊右衛門に町内の長屋に住まう芸者お勢の存在をさりげなく訊《き》いた。伊右衛門はなんの躊躇《ちゅうちょ》もなく、

「——ああ、あの色っぽい芸者でございますか。確かに町内の長屋におります。なんなら直接お確かめになったら」

と応《こた》え、心置きなく長屋の場所と部屋まで話すことができたのだ。

石川儀兵衛はその長屋を確かめ、長屋の住人たちにも聞き込みを入れた。なら

ば当然、片方の〝歳《とし》は合っている〟男にも気づいたはずだ。

（――さあ、存分に調べなされ）

伊賀屋伊右衛門は思ったものである。

お勢は長屋の一番手前の部屋で、仙左は一番奥の部屋だったが、いまそこにいるのは町場の遊び人で、かわら版屋の矢之市だ。

その矢之市がきょう午過《ひるす》ぎ、いずれかより急いで帰って来るなり隠居の伊右衛門と甲兵衛に辻斬りの話をし、すぐまたどこかへ出かけたのだ。

野間風太郎はこの日、たまたま早めに伊賀町の屋敷に帰った。市中見まわりが伊賀町を含む四ツ谷界隈《かいわい》だったのだ。すると、茶店伊賀屋の奉公人が呼びに来て、行ってみると辻斬りの話だった。

現役徒目付の風太郎より早く辻斬りのうわさをつかむとは、さすがはかわら版屋の矢之市だ。おそらく矢之市はもうすこし詳しいうわさを集め、文面を考え、木版職人のところへ駈け込み、

『これをあしたの朝までに！』

などと頼み、あした午《ひる》まえには百枚か二百枚ばかり摺《す》って街角に立ち、

『出たぞ、出たぞ、辻斬りだあっ。さあ、詳しくはここに書いてあるとおり！』

と、声を張り上げることだろう。迅速さがかわら版屋の売りである。

緊張に包まれた伊賀屋の一室では、仙左の住む伝馬町の長屋に他人《ひと》を遣《や》り、帰ればすぐ伊賀屋へ来るようにとのことづけをした。お勢の住む伊賀町の長屋は茶店伊賀屋の裏手で、人を遣るまでもなく住人に声をかけておいた。

お勢はきょう夜の座敷はなく、明るいうちに帰って来た。

「旦那方《だんながた》お三人さんおそろいで、仙左さんとあたしをお呼びになるとは、理不尽なもめ事がいずれかに来《き》したのでしょうかねえ」

と、匆々《そうそう》にお勢が伊賀屋の奥の一室に座を占めた。普段着に着替えているが、それでも部屋は華《はな》やいだ雰囲気になる。

「ま、仙左が来てから話そう。矢之市から仕入れた話でまだ詳しくは分からんのでのう。おまえたち、外で聞いておらんか。辻斬りがあったらしいのだ」

野間風太郎が言ったのへ、

「えっ、辻斬り！　どこで？」

と、お勢はまだ聞いておらず、逆問《ぎゃくとい》を入れたところへ廊下に足音が立ち、

「へへん、なんですかい。旦那方があっしとお勢姐《ねえ》さんをお呼びたあ。どっかでまたお武家が町人を無礼討ちにしたなんざ聞きたかねえですぜ」

言いながら仙左がふすまを開けた。

「よし、座れ。さすが仙左だ。いい勘をしておるわい」

伊賀屋伊右衛門が言いながら、仙左に畳を手で示した。

円陣のようだが、やはり伊賀屋伊右衛門、甲州屋甲兵衛、野間風太郎の三人と、お勢、仙左の二人がほぼ向かい合うかたちになる。伊賀屋の奥の部屋に武家の三人と町場の二人が膝を交えたとき、およそこのようなかたちになるのだ。

武家三人の前だが仙左はいつものとおりあぐらを組みながら、

「いい勘しておるたあ、いってえなんなんですかい」

言う仙左にお勢が、

「まさか、ほんとに辻斬り!?」

「なんだって！」

仙左は下ろしたばかりの腰を浮かせ、上体を前にかたむけた。

ふたりともまだ聞いていなかったようだ。

武家の三人は互いに顔を見合わせ、うなずいた。

仙左はすでに興奮の色を表情に刷《は》き、お勢もそれに近くなっている。

「まあ、落ち着け」

現役徒目付の野間風太郎が、仙左にふたたび腰を下ろすよう手でうながした。

「われらとてまだ詳しくは聞いておらん。午過《ひるす》ぎに矢之市からひとことふたこと聞いただけでのう」

「えっ、あの新入りのかわら版野郎ですかい」

仙左は落ち着けたばかりの腰をまた浮かせた。

「まてまて、仙左。矢之市はいま長屋にはおらん。いまごろかわら版の用意にかけずりまわっておろう」

「帰ってくればここへ来るよう長屋の住人にことづけておいたから、ゆっくり待つのじゃ」

伊賀屋伊右衛門が落ち着いた口調で言ったのへ、甲州屋甲兵衛がつないだ。

お勢も、

「仙左さん、旦那方が三人おそろいであたしたちをお呼びになって辻斬りの話をしなさったのは、それなりの理由があってのことでしょうよ。まず、それをお聞きしましょう」

「うむ」

仙左はあらためて腰をその場に据えた。

落ち着いたわけではない。

「さあ、旦那方。辻斬りたあ、いってえどんな!?」

上体を前にかたむけ、視線を三人へせわしなく移動させた。

野間風太郎は、矢之市から聞いた内容以外はまだつかんでおらず、いまは矢之市が伊賀町の長屋に戻って来るのを待っていることを語った。

仙左は、

「さむれえが町なかで段平《だんびら》ふりまわして人殺し、旗本支配の徒目付のお人ら、こんなとこでのんびりしていて、出張《でば》って引っくくらなくっていいんですかい」

不満そうに言う。

風太郎が返した。

「どの屋敷の者か、当主か奉公人か分からぬうちは動けぬ」

「辻斬りなど一回こっきりじゃ、人物の特定は難しかろう」

伊右衛門が言ったのへ甲兵衛がつづけ、さらにつないだ。

「徒目付の詰所《つめしょ》も暫時《ざんじ》、成り行きを見ることになろうかのう」

そのあいまいさに仙左はいきりたち、

「なんですかい、それって。そんなのが旗本支配だなどと言われている徒目付の、実の姿ですかい。そんなんだったら、俺が直《じか》に出張って……」

「あたしもっ」

お勢も言う。

風太郎がまた落ち着いた口調で、

「だからきょう、おまえたちを伊賀屋《こごや》へ呼んだのだ。相手は武士だ。それも町なかで刀を抜くような……。そんなのを相手におまえたちふたりが下手《へた》に嗅《か》ぎまわったんじゃ、それこそ無礼討ちになるぞ」

「無礼討ち？　おもしれえ、やってもらおうじゃねえか！」

ますます仙左はいきり立つ。

「あははは、やはり思ったとおりの反応じゃのう」

「まえもって呼んでおいてよかったわい」

また伊右衛門と甲兵衛が言う。

「そのようです」

と、野間風太郎も同調する。

伊右衛門、甲兵衛、風太郎の新旧の徒目付三人は、辻斬りの話を聞くなり仙左とお勢の顔を頭に浮かべ、

（いきり立ち、暴走すればまずい）

と、おなじことを思ったのだ。

それでふたりを事前に取り込んでおこうと話し合い、伊賀屋で五人による膝合《ひざあ》わせとなったのだ。

現役の野間風太郎はもとより、隠居の伊賀屋伊右衛門も甲州屋甲兵衛も、おなじ町内に住み、血の気《け》の多い仙左とお勢を御小人目付《おこびとめつけ》のように見なしている。もちろん正式にではない。風太郎は仙左とお勢に〝俺の御小人目付にならぬか〟と話したことがある。

「――悪を懲《こ》らしめるにゃ合力しやすが、御小人目付？　そんな堅苦しいものは

お断りでさあ」

と、仙左は断り、お勢もそれに倣《なら》った。

御小人目付とは、町方でいえば同心に使嗾《しそう》され町場で探索などに奔走する岡《おか》っ引《ぴき》に相当する。

実際、仙左は鋳掛屋の仕事で武家屋敷や商家の庭に入ったときなど、聞き込みの仕事で風太郎によく合力していた。

お勢もお座敷に出たとき、風太郎に頼まれうわさなどよく集めた。ふたりとも並みの御小人目付などより的確な働きをし、野間風太郎にとっては探索に得難い存在となっているのだ。そうした風太郎にとって困るのは、ふたりが許せぬ相手をお上《かみ》の成敗よりもさきに、自分たちの手で始末してしまうことだった。

だから現役と隠居の三人は辻斬りの話を聞くなり、事前にふたりを取り込んでおこうと、茶店伊賀屋の奥の一室に呼んだということになる。

「ほんとうに野間さまも伊右衛門さま、甲兵衛さまも、まだ詳しくはお知りにならないのですね」

お勢が確かめるように問《と》いを入れた。

「むろんじゃ。探索するにしても、おまえたちと一緒にと思うてな」

風太郎は言い、伊右衛門と甲兵衛がうなずきを入れた。端《はな》からふたりを、手の内に取り込んでおきたかったのだ。

廊下に足音が立った。

「おっ。戻って来たな、かわら版屋の矢之市」

風太郎は言い、ふすまに向かって、

「入れ」

声をかけた。

「へえ」

と、返事とともに入って来たのは、はたして矢之市だった。

二

「おやあ、これは仙左の兄イにお勢姐《ねえ》さんもご一緒で」

部屋に入るなり矢之市は驚いたように言う。

　仙左もまだ矢之市が座につくまえから、

「おめえ、いい話をつかんでるっていうじゃねえか。さあ、聞かせてもらおうかい、辻斬りとやらをよう。どこで、誰がだれを!?」

「それ、あたしも聞きたい」

　お勢《せ》も端座のまま上体を前にかたむけた。落ち着いているように見えても、気は急いているのだ。

「これこれ、ふたりとも。矢之市を待っていたのはおまえたちだけじゃないぞ。俺たちのほうこそずっと待っていたのだ」

　野間風太郎がたしなめるように言ったのへ、茶店のあるじ伊賀屋伊右衛門も、

「そのとおりだ。さあ、ともかくそこへ座れ。じっくりと聞こうではないか」

　手でその場を示し、甲州屋甲兵衛も、

「さよう」

　と、うなずきを入れた。

「へえ。お言葉に甘えやして」

　矢之市は腰を下ろし端座に組みかけた足を、仙左があぐら居になっているのを

見て、

「へへ、あっしも」

と、あぐらに組み替えた。

堅苦しくない座の雰囲気に、

「よし」

風太郎はうなずき、

「さあ、午前《ひるまえ》はまだ不明でも、現在《いま》なら明らかになっていることもあろう。かわら版にはまだ手配していないこともあろう。ありていに申せ」

職業柄か、まるで尋問しているように言う。

「へえ、ありていに聞いて来たわけじゃありやせんが」

矢之市はいくらか皮肉を込めて言い、

「場所は内藤新宿《ないとうしんじゅく》の、ほれ、料亭や旅籠《はたご》が軒をつらねている土地《ところ》……」

「ほっ、大木戸の向こうでお江戸の外だが、ここからは甲州街道一本ですぐ近くだぜ」

仙左が言う。

内藤新宿は府外だが、四ツ谷からは街道ひとすじでつながっており、四ツ谷近辺からひと晩、遊興に出向く遊び客がけっこう多い。それもあって四ツ谷で内藤新宿と聞けば、かなり近場《ちかば》に感じるのだ。実際に近い。

「で、そんな近え《ちけ》ところで、あのあたりのさむれえかい、殺《や》りやがったのは。そんで殺されたお人は……」

場所が近くだったせいか仙左はいっそう関心を強くし、腰を浮かして問いを入れた。

「ひかえろ、仙左。いま矢之市が話しているのだ」

「へ、へえ」

また喙《くち》を容《い》れようとして風太郎に一喝《いっかつ》され、お勢からも袖《そで》を引かれ、仙左は肩をすぼめた。

矢之市はつづけた。

「殺しのあったのはきのうの夕刻で、どこのさむれえか分かりやせん。見ていた者もおりやせん。ただ斬られたばかりのお人が血を流して往還に横たわり、斬ったのは相当の手練《てだ》れで、ひと太刀《たち》で絶命したことが、斬り口から判断できたそうで」

おそらく近辺の武士で、相応の者が診立《みた》てたのだろう。

「で、殺されたのはいずれの者か。殺された場所も詳しく話せ」

「そう、そうそう」

風太郎が問いを入れたのへ仙左がつなぎ、上体を前にかたむけた。

矢之市は語る。

「殺されたのはおなじ内藤新宿のめし屋太平《たいへい》のあるじで幸兵衛《こうべえ》さんといいやした。同業者の集まりがあり、幸兵衛さんの店は近くで手代《てだい》も小僧も連れて来ておらず、たまたまひとりで帰ったところを襲われたそうで。まったく不幸兵衛さんになってしまわれたなどと、近くのお人らは話しておりやした」

「ふむ、あらましの状況は分かった。わしも甲兵衛じゃが字が違うようじゃ。で、その幸兵衛とやらは、たまたま辻斬りに出会《でくわ》してしまったのか？　それとも狙われたのか？　いかような人物で、太平というはどのような店かのう」

問いを入れたのは、甲州屋甲兵衛だった。さすがは元徒目付の問いで、辻斬りに不審な点はないかを訊《き》こうとしている。

そこへ仙左が、

「そんなことより旦那、手を下しやがった野郎はどこのどいつか、それを洗い出すのがさきでやしょう」

「仙左さん、分かりませぬか。甲兵衛旦那のおっしゃる〝たまたま〟か、それとも〝狙われたのか〟の違いが」

お勢がまた仙左の袖を引いて言った。

「おんなじじゃねえか、殺されたことに違《ちげ》えはねえ」

じれったそうな表情になった仙左にお勢は、

「分かっていないようねえ。甲兵衛旦那は辻斬りがたまたまか、それとも狙った上でのことかを、確かめようとしておいでなのですよ。もし狙った上でのことなら、これは辻斬りなどではなく、辻斬りに似せた殺しじゃありませんか。どちらかによって、対処の仕方がまったく異なってきますすよ」

「てやんでえ。俺だけじゃのうて、誰もが願《ねご》うているんじゃねえのかい。斬ったその場を誰も見ちゃいねえんなら、早《はよ》うそれを割り出して欲しい……と」

仙左はなおもじれったそうに言い、うわさを集めて来た矢之市は落ち着いた口

調で、

「だからよう、その不届きなさむれえを割り出すにゃ、太平の旦那の幸兵衛さんにいずれかの武家とのあいだに揉《も》め事《ごと》はなかったかどうか、それが分かりゃあ割り出しの手掛かりになろうよ。もし不運にもひとりで歩いていたところに目をつけられたんなら、割り出しは困難と……そうでやすねえ、旦那」

と、甲州屋甲兵衛に視線を向けたのへ、野間風太郎が代《か》わって応《こた》えた。

「そういうことだ。分かったならもう口を出さず黙って聞け、仙左よ。おめえをこの場に呼んでやったのは、許せねえとだけで軽挙妄動するのを防ぐためだ」

「へ、へえ」

仙左は首をひっこめ、肩も落として小さくなった。お勢や風太郎の言う意味を解したのだ。お勢も風太郎も、相当さきを見据えているようだ。

「つづけまさあ」

と、矢之市はふたたび話し始めた。

「太平は料亭というほどじゃなく、めし屋のちょいと大き目のところで。近辺に問いかけを入れやした」

「さすが、かわら版屋じゃのう」

甲兵衛がうなずく。

「誰に訊いても太平は普通のめし屋で、これは見ただけでも分かりまさあ。これから拡張する予定もねえようで。あるじの幸兵衛さんも人のいいお方で近所の評判もよく、そんな幸兵衛さんが辻斬りに遭うなど、町のどなたも絶句しておいででやした」

「許せねえ！」

腹の底から絞り出すような声は、むろん仙左だ。

「許せぬ思いは、おまえだけじゃないぞ」

「へえ」

伊賀屋伊右衛門が言ったのへ仙左は返し、さらに伊右衛門はつづけた。

「その場のようすはいま聞いたとおりじゃ。仙左、感じることがあろう、許せねえ思い以外に」

「分かりました」

応えたのはお勢だった。

「この辻斬りに遺恨による係《かか》り合《あ》いはなく、たまたま幸兵衛さんとかが辻斬り犯の目にとまったという、まったくの不運としか言いようのないもので、そのさむらいの割り出しはきわめて難しいということでしょう」

「そのとおりだ」

野間風太郎が返し、伊右衛門と甲兵衛がうなずきを入れた。

「てやんでえ、なにがそのとおりなんでえ」

仙左は声を荒らげた。

「それを探索するのが、その場に走る徒目付衆の仕事じゃねえんですかい」

「むろんじゃ。お城の目付詰所でも誰かがうわさをつかみ、あすにもお達しがあって御小人目付が多少は動こう」

「多少は……ですかい」

と、不満そうな声はむろん仙左だ。

野間風太郎はつづけた。

「そうじゃ、多少はな。したがきのうの辻斬りが鳴りを潜《ひそ》めたのでは、武家地でうわさなど拾うのは難しい。矢之市」

「へえ」

「おまえの同業で、ほかにきのうの辻斬りを嗅《か》ぎつけておるやつはおらぬか」

「へへん、あっし独《ひと》りでさあ。なにぶん大木戸の向こうのことでやして。ま、あしたは無理でもあさってにゃ、かわら版の最初の一枚を売りに出せまさあ」

「それをひかえよ」

「えぇえ！　どうしてですかい」

矢之市は不満そうな声を上げ、お勢も仙左も、

（なぜ）

といった表情で、風太郎を見つめた。

風太郎は言う。

「かわら版などが出てみろ。そのさむらいは警戒し、鳴りを潜めてしまうじゃろ。そやつを割り出すのは、ますます困難となる」

「そんなあ。ほかの同業が嗅ぎつけりゃ、そいつに出し抜かれちまいまさあ」

「案ずるな。いつまでもというわけじゃねえ。辻斬りをする者の心理はのう、最初がうまく行きゃあ、すぐまた次をやりたがるものよ」

「人の命を奪うことをですかい」

　仙左が吐き捨てるように言ったのへ矢之市はうなずき、風太郎が返した。

「さよう。早くて二、三日、遅くとも四、五日のうちには動くじゃろ。その場を押さえ、いずれの屋敷の者かを突きとめるのだ。かわら版をひかえるのはそのあいだだけだ。たとえそのあいだに同業の者に出し抜かれたとしても、矢之市にはお城の目付の詰所しか知らぬ内容も教えよう。二番煎《にばんせん》じゃ三番煎じになっても、同業の誰もが書けぬような、中身の濃いかわら版を出せようぞ。どうだ、そういうことでわれらに合力せい」

　野間風太郎たち目付につながる三人が、矢之市を茶店伊賀屋の一室に呼び込んだ目的は、そこにもあったようだ。

「へへん、そこまでしていただけるんなら、仕方ありやせんや。したが、約束、きっとでござんすよ」

「むろんじゃ」

　風太郎が返したのへ、伊右衛門も甲兵衛もうなずきを入れた。隠居した元徒目付といえど、目付御用達《ごようたし》の茶店と口入屋をやっているのだ。気分はまだ徒目付のようだ。きょうの矢之市の働きが、まさに御小人目付以上のものがあったことに、きわめて満足を覚えている。

伊右衛門が言った。

「これほどの話、城内の目付詰所といえど、まだつかんではおるまい」

隠居はしても、城内の目付詰所のようすには詳しい。

だからであろう、甲兵衛が言った。

「つかんでいないというのもさりながら、知ろうとしないのじゃないのかなあ。旗本支配というのはある意味、幕府直参《じきさん》の旗本を護ることでもあるからなあ」

すかさず仙左が、

「なんですかい、それ……。まさか、ご城内のお目付衆は、内藤新宿の辻斬りを糾明しねえってんじゃねえでしょうなあ」

「だからだ、仙左。せめてどこの誰が手を下したかを調べるためにもな」

「あっしがかわら版を出さねえって寸法でやすね」

矢之市が得心したように言った。

「ともかくだ、許せねえものは許せねえ」

仙左は言う。

「そのとおりです」

お勢も言う。

「おいおい」

伊右衛門が仙左とお勢の二人をたしなめるように言った。

そこに風太郎もうなずきを入れる。

きょう仙左とお勢をこの場に呼んだのは、風太郎ら三人が合意しているように、ふたりにはこうした反応があると予測したからだった。

ほんのひと月ほどまえのことだ。理不尽な旗本が無礼討ちで町人を斬り殺した。

(——許せねえ)

仙左はいきり立ち、お勢もおなじ思いを風太郎たちに吐露した。

もちろん旗本支配の目付は動いた。しかし、無礼討ちは武士に許された特権であれば、ちょいと事情を聞いただけで、吟味《ぎんみ》などなくお咎《とが》めもなかった。そのことに仙左とお勢は、

「——間違《まちご》うております」

と、強い不満をおもてにしたものだった。

そのうえで仙左とお勢は、無礼討ちの旗本主従を人知れず成敗したのだ。策をこらした、巧《たく》みな手法だった。風太郎たちはかえって感心したものだった。

矢之市が辻斬りの話を伊賀町に持ち込んだとき、現役の風太郎と隠居ふたりの脳裡《のうり》に走ったのは、あのときの仙左とお勢の動きだった。辻斬りは無礼討ちよりさらに非道《ひど》い。武士から見てもまともなら、許せない行為のはずなのだ。

風太郎は言った。

「きょうおまえたちを伊賀屋《こ こ》へ呼んだのは、辻斬りの武士を探索するためだ。俺たちから見ても、許せぬゆえなあ」

伊右衛門も甲兵衛もうなずく。

だがもうひとつの思惑がある。仙左とお勢を事前に取り込み、暴走させないことだ。

「探索ってどうやって？　広いお江戸の町をやたら徘徊《はいかい》しても、そう簡単に辻斬りに出合うなんざ考えられやせんぜ」

「そうですよ。お座敷に出てうわさを集めるにしても、気の遠くなるほどの時間がかかりますよ。そこはお目付衆のお仕事じゃありませんか。お徒目付の旦那方にはなおさらのことでは……」

仙左が言いお勢がつないだのへ、

「ふむ」

風太郎はうなずきを見せ、

「なにも闇雲《やみくも》にとは言うておらんぞ。あしたになれば城中の目付詰所も、ある程度のうわさは集めていよう。それを聞いて来るゆえ、午過《ひるす》ぎにまた伊賀屋に寄り合うのじゃ。矢之市もな。それまでにもなにかつかめば、またここ《ここ》で話せ。それらによって、どのあたりへどのような探索を入れればよいかを話し合おうじゃねえか」

「よいな。あした午過ぎ、この部屋じゃぞ」

念を押すように言ったのは、この家のあるじ伊賀屋伊右衛門だった。

「分かりやした。あっしゃあ御小人目付なんぞになった覚えはござんせんが、辻斬り野郎を割り出すにゃ合力しやすぜ。なあ、姐《ねえ》さん」

「むろんですとも」

仙左が言ったのへお勢がつづけ、ふたりそろって帰り支度にかかった。

外は暗くなりかけていた。

矢之市についても、風太郎たちはすっかり御小人目付と見なしてしまったようだ。当人は仙左たち同様そう思ってはいないだろうが、

「さっそく彫師《ほりし》のところへひとっ走りし、頼んだ仕事を引き揚げてきまさあ。あしたの朝からかかるって言っておりやしたから、まだ間に合いまさあ」

と、腰を上げたのへ野間風太郎が、

「ちょいと待て。うちの若い者をつけてやろう。お城の目付詰所からのお達しだといやあ、彫師は文句が言えめえ。辻斬りについても口止めをしておかにゃならんからのう」

言うと伊賀屋伊右衛門に頼み、野間家の屋敷へ人を遣《や》って若いのをひとりつけ、仕事の中断は目付詰所からのお達しであるとの体裁を整えることにした。彫師は間違いなく恐縮することだろう。

三

お勢の住む伊賀町の長屋は、茶店伊賀屋の裏手にある。伊賀屋の裏口を出れば、そこがすぐ長屋の出入り口の木戸になっている。

お勢の部屋は長屋の一番手前だから、茶店伊賀屋からの帰りには、一番奥の部屋の仙左とよく木戸のところで立ち話をし、打ち合わせなどをしていたのだが、いま奥の部屋には矢之市が入り、仙左はとなり町の伝馬町の長屋に家移りしている。

今宵《こよい》は久しぶりに仙左は木戸の前で足をとめ、

「辻斬りたあ、いまからでも探索に走りてえほどだが、まあ、野間の旦那が言うとおり、動くのはあしたからにしよう」

「そうなりますね。おさむらいが町衆を斬り殺す。新たな刀の試し斬り？　今宵はもう眠れぬほどに悔しいさね」

お勢も足をとめて返し、立ち話というほどのこともなくこの日は別れた。

伊賀屋の奥の部屋では行灯《あんどん》が運び込まれ、伊右衛門、甲兵衛、風太郎三人の膝《ひざ》詰《づめ》はまだつづいていた。

「まったく武家による無礼討ちだの辻斬りだの、物騒な世の中で、だから私は徒目付などなりたくなかったのですよ。お勢や仙左の言うとおり、許せぬことばかり。これじゃ早晩《そうばん》幕府は町衆の反感を買い、立ち行かなくなりますよ」

お勢や仙左たちがいなくなり、同座しているのが武家でも隠居ということもあってか、風太郎はつい日ごろの愚痴《ぐち》を口にした。

風太郎という名は字名《あざな》ではない。親がつけてくれた歴とした本名だ。徒目付の家柄に次男として生まれた。親は次男を殺伐《さつばつ》とした環境に置くよりも、穏《おだ》やかな学問か詩歌《しいか》の道に進ませようとしてこの名を付けたのだ。

風太郎は長じるにしたがい、その名のとおりの道を好み、学問に励《はげ》み詩歌を深く趣味とした。ところが二十歳《はたち》のときに兄が病死し、家督と野間家代々の役務《やくむ》を継ぐこととなってしまった。

継いでみると風太郎は、なかなか優れた徒目付になった。学術や詩歌の影響か、どんな事件にも冷静で落ち着いた判断ができた。上役《うわやく》である目付の吉岡勇三郎《よしおかゆうざぶろう》も漢詩を趣味とし、気が合うだけでなく風太郎の冷静さを重宝した。役務についてからすでに二十年を経《へ》るが、当時まだ現役であった伊右衛門も甲兵衛も、武張ったところがなく徒目付らしくない風太郎に一目置いたものだった。風流人のような名も、周囲からおもしろがられた。

「あははは、また言うたなあ。そのようなおぬしじゃからこそ、お勢も仙左も御小人目付にならずとも御小人目付以上の合力をしてくれるのじゃ。それにこたび、矢之市の働きは群を抜いていた」

甲兵衛が言えば伊右衛門も、

「幕府が立ち行かなくなるかどうかは別として、ともかく目の前に起こったことはひとつひとつかたづけていかにゃならん。辻斬りのほうは、あした野間が城内の詰所から戻ってくるのを待ち、お勢と仙左をまじえわれらの策を決めるとして、もうひとつ対処しなければならぬことが起こっておる」

「元水野家横目付の石川儀兵衛どののことですね。現在《いま》は幕府目付の……。で、いかように」

現役の風太郎が、隠居ふたりにうかがいを立てるように言った。

石川儀兵衛は二十四年まえの忠邦の下知《げじ》をいまなお奉じ、お勢に目をつけているのだ。もちろんそんな石川儀兵衛からお勢と仙左を護るのは、風太郎をはじめ伊右衛門や甲兵衛の役務ではない。強《し》いて言えば、現実よりも理屈で幕政を進めようとする老中水野忠邦への、幕府組織末端の者としての反感からであろうか。

「――お勢も仙左も、われらとおなじ町内の住人じゃからのう」

と、それが三人に共通した背景となっている。だから町場に住むお勢と仙左を水野家の元横目付石川儀兵衛から護ってやりたくなるのだ。

その石川儀兵衛が武家姿だが身分を隠し、お勢の住む長屋のすぐ近くの茶店伊賀屋にふらりと立ち寄り、伊右衛門にお勢の存在を確かめてから、

「――新たに雇い入れる奉公人で、住み込むよりも通いにしたいと願《ねご》うておる者がいてのう。ここの四ツ谷御門に近い町場の長屋で、いずれか空いている部屋はないか」

などと依頼したのだ。

石川儀兵衛はお勢に目をつけ、もし間違いなく探し求めている人物なら、

(――〝弟〟もきっと近くにいるはず)

と推測し、それを割り出すため、お勢の長屋の近くに足溜《あしだま》りを設けようとしているのだ。それをどうするかが、いま伊賀屋伊右衛門、甲州屋甲兵衛、そして野間風太郎三人の、喫緊《きっきん》の課題となっている。なにしろ頼み手は元水野家横目付というより、いま城中で上役の目付石川儀兵衛からの要請なのだ。

「どうなさいます」

野間風太郎が訊いたのへ、口入屋の甲州屋甲兵衛が応えた。

「いずれにせよ、中間《ちゅうげん》あたりでも密偵の役務は心得ていよう。ここから近くでも遠くでもない町場に長屋の空き部屋を世話し、逆にこちらから観察してやろうじゃないか」

「催促があれば、それだけ向こうは本気であろうから、そのときに動いてやればいいだろう」

「そういうことだな」

と、話し合った。お目付御用達の茶店と口入屋がその気になれば、近辺での空き部屋さがしなど朝飯まえであろう。

新旧徒目付三人衆の水野家横目付に係《かか》り合《あ》うやりとりはここまでとなり、あとはさらに喫緊の課題である辻斬りの話に移った。

現役と隠居の徒目付三人にとってもまた、お勢や仙左とおなじく辻斬りなど許せないことなのだ。目付の役務が旗本支配とはいえ、幕府への反逆が感じられる動きなら探索は徹底し処断もするが、町人相手の理不尽な行為には、通り一遍の探索や取り調べはしても、処断されないのが現実である。

「――だから言えるのさ。町場からお勢や仙左のような者が出ても、おかしくはねえ、と」

三人は話し合ったことがある。

いまもそれを話している。

新旧徒目付三人衆の膝詰は、かなり深夜にまで及んだようだ。

一夜が明け、仙左とお勢、それに矢之市の三人がふたたび茶店伊賀屋の奥の一室に顔をそろえたのは、陽《ひ》が中天を過ぎしばらく経た時分だった。

風太郎はまだ城内の目付詰所から戻って来ていない。

「へへへ。野間の旦那、お城でどんな話を聞いて来てくれやしょうかねえ」

と、矢之市がさっきから待ちかね、風太郎への期待を口にしていた。やがてかわら版に書く内容が欲しいのだ。

お勢と仙左は違った。さきほどから、

「そろそろ戻って来やしょうかねえ」

「ともかく、待ちましょう」

と言っただけで、ふたりの隠居の前で、あとは無口になった。きのう木戸での短い立ち話のなかで、

「――探索も成敗も、俺たちで」

「――もちろん、お上《かみ》は動かないでしょうから」

と話し合い、きょうの寄合《よりあい》はその覚悟で来ているのだ。

陽が西の空に入ったと思われる時分だった。

ふすまの外に足音が立った。大きな音で、急いでいるようだ。

「おっ、戻っておいでだ」

矢之市が腰を浮かし、

「ふむ、早いな」

「相当急いだようだな」

伊右衛門と甲兵衛の言葉に、お勢と仙左は、

(それなりの収穫があったようだ)

と期待を持ち、互いに顔を見合わせた。

「へへ、旦那。なにか分かりやしたかい」

ふすまを開け、まだ座についていない風太郎に、矢之市が腰を浮かしたまま急かすように言ったのへ、

「おまえは黙っておれ」

伊右衛門が一喝し、

「へえ」

矢之市は恐縮したように肩をすぼめた。

座についた風太郎は咳払《せきばら》いをし、

「見た者がいました」

座に驚きの声が上がる。

今宵にも辻斬りの武士を割り出し処断できようか。お勢と仙左は風太郎の顔を喰《く》い入るように見つめ、つぎの言葉を待った。

「近くの武家屋敷の中間が、内藤新宿のめし屋の近くで、見知らぬ武家の主従とすれ違い、聞いたそうです」

「なにを」

伊賀屋伊右衛門が問いを入れた。

風太郎は応える。

「用人《ようにん》らしき二本差が年配のあるじと思われる武士に〝斬れ味はいかがでしたろうか〟と問《と》うたのに、あるじらしきが〝上々《じょうじょう》〟と応えたという。耳にしたのはそれだけであとはすれ違い、角を曲がると町人の斬殺体が横たわっており、そこで中間はさきほどの主従、辻斬り……と気付いたとか」

「斬った者は、どの屋敷に戻ったか……」

また伊右衛門が問いを入れ、甲州屋甲兵衛もつないだ。

「その中間、実際に顔を見ておらんかったか、見ていても見ておらずと応えるじゃろうが」

「御意《ぎょい》」

風太郎は返した。

往還で中間が武士とすれ違うとき、脇に寄ってうつむき加減に通り過ぎる。すれ違う武士の顔をじろじろ見たりはしない。まして辻斬りと分かってからあとを尾《つ》けようとしても間に合わないだろう。そればかりか、もし顔をちらと見ていても、見ていないと言うだろう。中間は自分のあるじから、見ていないと応えろと言われているはずだ。利害関係や出世争いがあるなら別だが、それ以外なら武士は相身互《あいみたが》いで、武家が他の武家を窮地に陥《おとしい》れるようなことはしない。自己に係り合いのないことならなおさらだ。

「殺《や》りやがったさむれえ、分からねえってことですかい」

落胆したように言ったのは、かわら版屋の矢之市だった。

お勢と仙左は顔を見合わせ、互いにうなずきを交わしてから、仙左が言った。

「せめてそのさむれえと家来の年齢や体つきなど、お目付のお人ら聞いちゃおりやせんかい。それにその場からの帰りでやしょう。尾《つ》けねえまでも、どっちに向かっていやがったか、聞き出しちゃおりやせんかい」

「ふむ、いい問いだ」

甲兵衛が言って風太郎に視線を据えた。

風太郎は応えた。

「ただすれ違っただけで、主従らしきふたりと意識したものの、それ以外はなにも……。ただ街道から離れた脇道を、大木戸方向に歩をとっていた……と」

「ふむ。その証言、大きいぞ。そこは内藤新宿で、その脇道を大木戸方向に向かっていた。近くは飲み喰いの店がならび、武家地ではない。おそらく大木戸のところで街道に出て府内に戻る算段じゃったのだろ。その主従、江戸府内の屋敷の者で、かつ内藤新宿の土地のようすに詳しい」

伊右衛門の解説するような言葉に、

「大木戸を入ってからここに至るまでの、街道両脇の武家地のおさむらい主従ということになりましょうか」

得心したように言ったのはお勢だった。

「おっ、そうなりやすかい。そんならあのあたりの武家地で問い合わせを入れやしょうかい。ここからすぐ近くですぜ」

矢之市が言う。

「待て」

伊右衛門はそれを制し、

「そう決まったわけではない。辻斬りは新刀の試し斬りじゃろう。すれ違《ちご》うた中間が耳にしたように斬れ味がよかったのなら、もう一度確かめたくなるのが、新刀を手にした者の心理じゃ」

「むむっ。そんなことで、町場の者の命を……!!」

「………」

仙左が声を絞り出したのへ、お勢が息遣《いきづか》いだけの言葉でつないだ。

(許せませぬ!!)

座の一同にはそう聞こえた。実際に、そう言ったのだ。

座に沈黙がながれる。

甲州屋甲兵衛の低い声が、その場を埋めた。

「伊右衛門どのの話されたとおりじゃ。その者はもう一度動くじゃろ。そこを押さえるのじゃ。根気と用心のいる仕事じゃ。そのさむらいの屋敷があると思われる甲州街道両脇の武家地へ、派手に問い合わせを入れてみろ。どうなる、矢之市」

「へ、へえ」

矢之市はあらためて恐縮の態《てい》になり、甲兵衛の視線はお勢と仙左に向けられた。伊右衛門と風太郎の視線も、お勢と仙左に向かった。

四

矢之市は探索から外された。

「最初に辻斬りの話を持って来たのは、このあっしですぜ」

と、当人はきわめて不満のようだ。

「だからだ。まだ分からんか」

と、隠居の伊賀屋伊右衛門と甲州屋甲兵衛が、これまでの経験から慎重になっているのだ。

現役徒目付の野間風太郎は言った。

「時節が来れば、おまえにはかわら版屋という、他の同業を圧倒する大仕事が待っておる」

「ほんと、ほんとですぜ旦那。そのときにゃお上しか知らねえ話、聞かせてもらいやすぜ」

矢之市が念を押したのへ風太郎はうなずき、ようやくおとなしくなった。

探索はお勢と仙左の仕事になった。

お勢が武家の出る座敷に上がり、

「お刀はお武家の魂《たましい》。新たに打たせたりすれば、まず神前にお供えしたりするんでしょうねえ」

と、新刀を話題にする。

仙左は鋳掛《いかけ》の仕事で入った屋敷で若党や中間を相手に、

「刀鍛冶のお人らも、熱して溶かした鉄を打ちなさいやすが、あっしみてえに鍋《なべ》の底を打つのとは、心構えが違いやしょうねえ」

と、なべ底の穴を塞《ふさ》ぎながら問いかける。

武家を相手に刀の話は、相手を〝教えてやろう〟との気にさせ、近ごろ新たに刀を打たせた屋敷があれば、きわめて自然にそれが話題となり得るのだ。しかも辻斬りがあったとのかわら版は抑《おさ》えられ、巷《ちまた》でうわさにもなっていないのだ。

それもまた闇雲《やみくも》に当たるのではない。伊右衛門と甲兵衛が、

「おそらく屋敷は、四ツ谷大木戸の内側の甲州街道沿《ぞ》いじゃ」

と、範囲を限定した。江戸府内の甲州街道沿いといえば、伊賀町や伝馬町とおなじ四ツ谷の範囲内で、お勢にも仙左にもきわめて動きやすい土地《ところ》だ。

お勢は四ツ谷から市ケ谷《いちがや》、内藤新宿の座敷へ積極的に出た。だが、いかに刀の話題とはいえ、うるさく訊くわけにはいかない。かつておのれの出自《しゅつじ》を知ろうと、武家の座敷へ出るたびに〝お武家で二十数年まえお家騒動があって、一家が離散したお屋敷があるなどといったうわさはありませぬか〟などと聞き込みを頻繁に入れ、それが水野家横目付であった石川儀兵衛の耳に入り、その足を四ツ谷伊賀町に呼び込んでしまったのだ。

「——慎重に、さりげなく」

お勢と仙左は話し合ったものだ。

仙左は鉛《なまり》と錫《すず》の合金を溶かし、鍋の底に打ち込むトンカンの音のなかに、

「一度、鍋釜《なべかま》の穴を塞ぐだけじゃのうて、刀を打ってみとうござんすぜ」

などと切り出す。

「あはは、鍋の穴を塞ぐのと刀を打つのとは、まったく違うぞ」

と、かならず返ってくる。そこから話が進む場合がけっこうある。

そうしたなかに、

――最近、新たに刀を打った屋敷、あそこじゃないのかい
とのうわさを、お勢と仙左がほぼ同時につかんだのは、ふたりが聞き込みを入れ始めて五日ばかりを経てからのことだった。

江戸市中でけっこう知られている四ツ谷のお岩稲荷《いわいなり》に近い、三百石取りで仲江《なかえ》右之助《うのすけ》という馬廻《うままわ》り役《やく》の屋敷だった。

仙左は言う。

「こんな近くに住んでいやがったかい。今夜にも忍び入り、成敗してやろうかい。殺された内藤新宿の、たしか幸兵衛さんといいなすったなあ。直《じか》にゃ知らねえが、町場に住む者のよしみだ。仇討《あだう》ちにもなるぜ。さあ」

実際に三和土《たたき》から畳に据えていた腰を浮かせた。お勢の長屋の部屋だ。

「よしなさいよ。まだ仲江右之助と決まったわけじゃないでしょう。それに馬廻り役とは、いざ合戦のときには将軍家の馬前に走るのが役目でしょ。腕が立つのはもとより、屋敷にもいかような手練《てだ》れを置いているか分かりませぬ」

「そ、そりゃあそうだが……」

「ともかく野間の旦那にお知らせし、そこがいかような屋敷か、実際に辻斬りをやったさむらいかどうか、調べてもらいましょう」

「まあ、そうしやすかい」

と、お勢が言えば、仙左は従わざるを得ない。それこそやみくもに三百石の旗本屋敷にふたりで乗りこむなど、無謀が過ぎる。

その日のうちだった。

いつもの茶店伊賀屋の奥の部屋に、現役と隠居の徒目付衆三人と、お勢と仙左の顔がそろった。お勢は午間《ひるま》の芸者姿のままで部屋には化粧の香《かおり》がながれ、部屋というより伊賀屋全体が華《はな》やいだ雰囲気になっている。それによって伊賀屋の奉公人たちは、いまお勢が来ていることを知る。ときには伊賀屋の仕事を手伝うこともあり、そのとき男衆《おとこし》などは浮き浮きしている。

それはともかく、部屋の中は真剣だった。かわら版屋の矢之市の姿が見えないのは、伊賀屋の奉公人が長屋の部屋をのぞいたが、いずれかに出払っていたようだ。あとから集まりのあったことを聞き、悔しがるだろう。

「さようか。よくたどり着いた。わしらも刀鍛冶の線から、お岩稲荷に近い武家屋敷、馬廻り役三百石の仲江右之助に目をつけておったのだ。おまえたちもそこにたどり着いたとなれば……」

「間違いなかろう」

風太郎の言葉に伊賀屋伊右衛門がつなぎ、甲州屋甲兵衛が、

「なれど、おまえたちは暫時《ざんじ》動くでないぞ」

「えっ。動くなたあ、どういうことですかい。あっしらはやっと仲江右之助なる旗本を割り出し、今宵にも打込もうかと話し合ってたんですぜ」

仙左が言ったのへ、お勢はかすかにうなずいた。お勢ははやる仙左をおしとどめたが、仲江右之助は死罪相当と考えている。それも目付がやらなければ、

（あたしたちが）

無礼討ちの旗本を、人知れず処断したときのようにだ。

いきり立つ仙左にお勢がかすかにうなずいたのを、伊賀屋伊右衛門と甲州屋甲兵衛は気がついたようだ。野間風太郎もそっと伊右衛門と甲兵衛に視線を向け、うなずいていた。

お勢は、

（お城のお目付に処断の気がなかったなら、そのときはまた……）

と、言っているのだ。

風太郎は、伊右衛門と甲兵衛から視線を仙左とお勢に戻し、

「今宵にも打込もうなど、おまえたちらしくないぞ。動くなというのは、やがてお城の目付詰所からなんらかの裁定が下ろうから、ともかくそれを待てということだ。それにおまえたち、仲江屋敷を突きとめても、屋敷内の備えまでは分からんだろ。徒目付として俺が調べておく。そこが試し斬りをやらかした屋敷なら、しかも馬廻り役とあっては、内側にどんな手練れがいるか知れたもんじゃない」

「うへーっ。そんなの、いるんでやすかい。したが、相手にとっちゃ不足はなしでさあ」

仙左が言ったのへお勢がつないだ。

「よろしゅうお願い致します」

すでにやる気になっている。あでやかな年増芸者の姿からは、まったく想像もつかない。


この顔ぶれがふたたび茶店伊賀屋の奥の部屋に膝を交えたのは、二日後の夕刻近くだった。かわら版屋の矢之市の顔もそこにある。伊賀屋の奉公人がそれぞれに知らせたのだ。


「へへん、呼んでくだすって嬉しいですぜ」

と、前回は呼び出しのあったとき留守にしていたものだから、きょうはいくらかはしゃぎ気味である。


「こらこら、矢之市。仲江屋敷をかわら版に書けと言っているのではないぞ。書くのはもう少し待て。確たる証拠をつかんでからだ」

「へえ、きっとでやすよ。書かせてくだせえよ」

矢之市の表情が生きいきとしてきた。

そのまえに、現場の近くで辻斬りらしい武家主従とすれ違ったという中間を面通しに駆り出すにも、仲江屋敷が拒《こば》めない確たる証拠が必要なのだ。その者はどの屋敷の奉公人か、徒目付はすでに掌握している。だが接触してそこから探索していることが相手方に洩《も》れたらまずいので、屋敷にも当人にもまだ連絡はしていない。伊賀屋伊右衛門と甲州屋甲兵衛の隠居ふたりは、城内の目付詰所にのみ伝えていたのだ。お勢も仙左も伊右衛門と甲兵衛の処置には、

「さすが探索の熟練」

と感心し、好意的に隠居たちを見ている。

探索の方途を練る茶店伊賀屋の奥の部屋は、緊張に包まれている。

膝を交えたのがすでに夕刻に近かったから、いま部屋の行灯《あんどん》に火が入れられた。炎《ほのお》が立つ。ほっとした雰囲気が部屋にただよう。

策は立てた。お勢、仙左、矢之市がさりげなく仲江屋敷の裏門の近辺を、往来人をよそおって徘徊《はいかい》する。

仲江屋敷の主従が出て来たなら、

「三人一体となることはない。分からぬようそれぞれにあとを尾《つ》け、やつらが標的に向かったとき、間合いを外さず大声を上げるのだ。目的はともかくふたり目

の犠牲を出さぬことと、逃れられぬ証拠をつかむことじゃ。おまえたちで捕まえようなど、大それたことは考えるな」

風太郎が言ったのへ、矢之市が返した。

「お安い御用で」

「馬鹿者。やつらのどちらかが刀を抜き、踏み込もうとしたところに声を上げるのだ。早すぎても遅すぎてもいかん。この間合い、難しいぞ」

伊賀屋伊右衛門が言ったのへ、仙左とお勢は無言のうなずきを入れた。緊張のあまり、声が出なかったようだ。

見まわりに徘徊する時間も、陽が西の端《は》にかかり暗くなるまでの、四半刻《しはんとき》（およそ三十分）ほどの短い時間だ。

「ますますお安い御用で」

また矢之市が言う。

一連の談合のあと、この顔ぶれには珍しく酒肴《しゅこう》の膳が運ばれた。なにしろ命のやりとりになるかも知れない策を話し合ったのだ。

「ならばあたしがお酌《しゃく》を」

芸者姿で来ているお勢が言ったのへ、

「うへー。これはたまんねえ」

矢之市が言う。遊び人のようなかわら版屋の矢之市にとって、お勢の酌など初めてのことだった。

口入屋の甲州屋甲兵衛が言った。

「あすからの探索はお座敷ではない。その身なりはまずいぞ」

「分かってますよう」

あまりにも分かりきっていることに、一同の笑い声がながれた。

「まえに無礼討ちを成敗したとき、あたしゃ商家のおかみさんを扮《こしら》えましたから、こたびもそうしましょうかねえ」

お勢は言う。仲江屋敷に的《まと》を絞った見張りは、あしたからだ。

お勢たち三人が席を立ってから、

「仲江屋敷の主従と直接まみえるのが、矢之市ではなく、お勢か仙左ならいいのですが」

風太郎が言ったのへ伊右衛門が、

「なあに、矢之市は探索にすき間ができないようにするだけの用だ。近くには常にお勢か仙左がついていよう」

「あのふたりはよく気がつき、まっこと頼りになるからのう」

甲兵衛も言った。

風太郎がまた言う。

「頼りになり過ぎることもありまする」

伊右衛門と甲兵衛の口もとに、軽い笑みが浮かんだ。ふたりが悪徳武士を相手に、騒ぎを起こす場面を想像したのだ。

五

標的の屋敷がお岩稲荷《いわいなり》の近くというのは、打ち合わせる者にとっては好都合だった。お岩さんは悲劇の主人公として江戸庶民に人気があり、いつ行っても参詣《さんけい》人《にん》の姿が絶えない。近くで参詣人同士が立ち話をしているのも珍しくない。そのようにふるまえば、きわめて自然なかたちでその場で談合もできるのだ。

お勢は商家のかみさんを扮《こしら》え、これがまたさまになっている。仙左は鋳掛屋の天秤棒こそ担いでいないが、腰切半纏《こしきりばんてん》を着込んだ職人姿だ。矢之市は相変わらず着ながしで遊び人のようないで立ちである。

それぞれがたまたま境内《けいだい》で出会ったかのように、

「ならば仙左さんも矢之市さんも、昨夜打ち合わせたとおりに」

お勢が言えば、

「へえ、分かってまさあ」

「あとは息がうまく合うかどうかだ」

矢之市が返し仙左が応《こた》え、三人はさりげなく各自の持ち場に向かった。

この場面を仲江屋敷の者が見ていても、奇異には感じないだろう。

仙左が範囲の広いおもて門の周辺を受け持ち、お勢が一番可能性のある裏門近くを担い、中から出て来る者を見張りつづける。

裏門から女中や下男ではなく帯刀の主従が出て来たなら、それが辻斬り犯である可能性は高い。ごく自然に間合いをとっておなじ方向に歩を進め、現場を突きとめる。

屋敷を遠まわりするかたちで、お勢と仙左につなぎをするのが、矢之市の役目だ。もちろん短い時間とはいえ、おなじ人間が限られた範囲をうろうろしていたのでは奇異に思われる。ときどき三人は担当場所を交換する。

もし、仲江主従がいずれかの門から出てきたなら、

「――斬りかかるな。ここへ報《しら》せに戻るのじゃ」

新旧の徒目付三人衆から、ふたりはくどく言われている。そのときのつなぎ役も矢之市だ。

辻斬りの両名が早々に餌食《えじき》を見定め、犯行に及ぼうとしたならどうする。細かくは定めていない。

伊右衛門も甲兵衛も、

「ふたり目の犠牲者は出させぬように」

と、言っていた。

そのとき仙左は天秤棒の一撃で相手を斃《たお》す必殺技を脳裡に浮かべ、お勢は得意の手裏剣で相手の動きを封じる策を連想している。

風太郎がそれを感じ取ったか、

「おまえたち、探索に天秤棒や刃物を持って行くやつがあるか。仙左よ、血の気の多いおめえのことだ。あの長めの鋳掛屋の天秤棒を振りかざし、飛びかかって行く算段じゃろ。おっ、あれは鋳掛の仙左じゃねえかとすぐ周囲に分かっちまわあ。それに女が手裏剣？　あれはお勢姐さん！　とすぐ身許《みもと》が露顕《ばれ》ちまわあ。町なかでそんなことになってみろ。向後《こうご》の仕事に支障を来たすめえに、町奉行所の役人がおめえたちを捕めえに来らあ。目付詰所から助けは出せねえぜ」

風太郎が仙左たちに合わせ、伝法な口調で言った。

「分かりましたよう」

お勢は言い、

「ともかく、その場その場の状況にしたがい、なんとか斬られかけたお人の命は救いまさあ。それにしても、武家の理不尽、許せねえっ」

仙左はつづけた。

「それを聞いて安堵《あんど》いたしした」

「こたびの目的は、あくまで動かぬ証拠をつかむことじゃでなあ」

伊右衛門と甲兵衛は言う。

だが、お勢も仙左も秘策があるわけではない。とりあえず策といえば、仙左の言った、

――その場その場の状況にしたがい……

のみである。

そうした話のあと、三人はそれぞれの持ち場に入った。きわめて狭い範囲をさりげなく徘徊《はいかい》するのだから、出会うことも多い。

「――合図だけを決めておき、あとは他人を装《よそお》うのだ。くれぐれも知った者同士のように挨拶を交わしてはならぬ」

お勢と仙左にとっては余計なお世話だが、

「――へい」

「――むろん」

と、おとなしく返していた。

なにしろ現場では、さりげなくことを進めなければならないのだ。

やってみると、単調で退屈するが、案外難しい仕事だった。

四半刻（およそ三十分）ほどでお勢と仙左はすれ違いざまに〝交代しないか〟

との合図を送り、そのままお勢は正門前に移り、仙左は裏門のほうにまわった。

矢之市もその役目をよくこなし、他人《ひと》の注目を受けることはなかった。さすがは

かわら版屋か、慣れているようだ。

人通りの少ない武家屋敷の周辺で、そうした町人のさりげない動きが、人の気を惹《ひ》くこともなく、仲江屋敷でも見張りのついていることに気づいた者は、下男や腰元のなかにもいなかった。

初日に成果はなく、二日目も緊張する場面に出合わず、ふたたび隠居と現役の徒目付たち三人と仙左ら町衆三人が、茶店伊賀屋の奥の部屋に膝を交えたのは、四日目の午過《ひるす》ぎだった。この日、仲江右之助は午過ぎに出仕し、暗くなっても帰って来なかった。暗いなかに辻斬りはあり得ない。

「おまえたち、ご苦労だった。したが、こうも動きがなくば、方途を変えてみるも一考かのう」

伊賀屋伊右衛門が言えば、甲州屋甲兵衛も、

「それもそうじゃが、もともと根気のいる仕事じゃ。いましばし、このままつづけるのもよいではないか」

珍しく隠居ふたりの意見が割れた。というより、二人ともおなじように迷っているのだ。

野間風太郎に仙左、お勢、矢之市もおなじ悩みというより、迷いを抱えている点で、この座の面々は一致している。そのためのきょうの膝詰《ひざづめ》なのだ。

町場のかみさん姿のお勢が、考えた末ではなくポツリと言った。

「あした、見られるかも知れませぬ、お屋敷の動きが」

「ううっ」

誰かがうめき声を上げた。

（あしたこそ）

ここに集《つど》う者たちの願望である。うめき声には、期待がこもっていた。

「ならば、いますこしようすを見てみるか」

言ったのは〝方途を変えてみるも一考か〟と最初に提議した伊右衛門だった。

「あっしら、あと二、三日なら気づかれねえよう、まだつづけられまさあ」

伊右衛門の言葉を受けて言った仙左に、風太郎が視線を向けた。

「最初に話し合ったように、こたびの目的はあくまで仲江右之助の動かぬ証拠を握ることだ。いつ飛び出すか、間合いが成功か失敗かの鍵になる。わずかの差でも狂えば、おめえたちが斬り殺されることになりかねんからなあ」

「大丈夫ですかい。仙左兄イにお勢姐さん」

矢之市は真剣な眼差《まなざ》しを仙左とお勢に向けた。

「あはは、矢之市。おめえも危ねえ橋を渡らねえと、いっぱしのかわら版屋にゃなれねえぜ」

「そうよ、矢之市さん。足手まといになれば、捨て置きますからね」

「へ、へえ。あっしもすでにその気になっておりまさあ」

現場担当の三人のやりとりに、甲州屋甲兵衛がつないだ。

「思ったとおり、三人はすっかり一組《ひとくみ》になったようじゃのう」

一同はうなずいていた。

張り込んでから四日目の夕刻近く、仙左もお勢ももう慣れたもので、最初から慣れていた矢之市も含め、お岩稲荷の境内で互いに来たことだけを確認し合うと、言葉を交わすまでもなくすぐにそれぞれの持ち場に散った。あとはなにくわぬ顔で担当の範囲をぶらぶら歩くだけだ。三人はすでに何度か持ち場を交代している。

三人が持ち場に散開してからすぐだった。

裏門の担当は仙左だった。

きょう最初の、裏門前でのぶらぶら歩きだ。

（あしたは古着の行商人にでもなって、あの門の中に入《へえ》ってみるか。いや、いけねえ。中間や女中たちと一度でも面と向かって話したんじゃ、あとで近くで出会ったとき、みょうに思われることにならあ）

思いながら、裏門のすぐ前の往還に歩を踏んだ。

「おっ」

内側に人の動く気配を感じ、戸に音も聞こえた。錠《じょう》を外しているようだ。

（誰が出て来る。あるじ主従であってくれい！）

念じながら裏門の前を過ぎた。

背にくぐり戸の開く気配を感じ、声も聞こえた。

「さあ、行くぞ」

「ははっ」

武家主従のやりとりだ。

仙左は覚《さと》り、そのまま数歩進んだ。

主従は仙左の歩と逆の方向に向かったようだ。

仙左はそのまま数歩進み、そっとふり返った。

仙左には初めて接する相手で、しかも背後からだが、

(間違《まちげ》えねえ)

確信した。

ほぼ横ならびだが、ひとりが片方より一歩遅れてつづいている。中間《ちゅうげん》は従えていないが、武家主従の組み合わせだ。しかもふたりからは、言いようのない緊張が漂っている。近くにふらりと外出なら、あの緊張感はない。

二人の行く方向を見定め、素早く引き返し、仙左とお勢のあいだに常に歩を踏んでいる矢之市に〝標的見ゆ〟の合図とともに方向は手で示し、匆々《そうそう》にもとの位置に戻った。

屋敷町の道筋に複雑さはなく、標的から離れてもすぐに見つけられる。ふたりの背は街道に向かっている。すぐそこだ。武家地の静かさから急に人通りの多い町なかの街道に出た。甲州《こうしゅう》街道のながれで、府内と内藤新宿を分ける大木戸方

面に向かっている。

（いよいよだ）

仙左は確信した。

背後に気配を感じた。

仙左がふり返るよりさきに、

「いよいよみたいね。矢之市さんも、すぐうしろに尾《つ》いているから」

お勢の声だ。お勢もふたりの背に仲江家主従を確信し、言い知れない緊張感をそこに感じ取ったようだ。

「あそこ。ふたりそろってやがる」

仙左は前を向いたまま、武家ふたりの背をあごでしゃくった。

お勢が無言でうなずいたのが気配から分かる。

つぎの角を曲がれば街道だ。

曲がった。

街道では案の定、大木戸のほうに向かう。過ぎれば内藤新宿だ。

お勢は仙左から三間《げん》（およそ五米《メートル》）ほど離れて歩を取っている。矢之市もお勢の背後三間ばかりにつづいている。前方のふたりがふり返っても、三人がつるんでいるようには見えないだろう。この措置は矢之市が言い出したもので、かわら版の仕事にも、他人《ひと》を尾《つ》けることがよくあるようだ。

大木戸を、内藤新宿のほうに出た。

仙左がそのふたりに、

（けっ、まえとおなじ場かい。芸がねえぜ）

思えばお勢も、

（まえの殺しへの反省など、まったくないような）

すでにふたりは、内藤新宿の太平のあるじ幸兵衛を殺害したのは、この仲江右之助と確信している。その仲江家主従が前回の辻斬りとおなじ場に向かっていることに、仙左もお勢も、あきれるよりも強い憤《いきどお》りを覚えた。一番うしろに尾いている矢之市も、おそらくそうであろう。

仲江家主従は、街道から脇道にそれた。仙左とお勢の勘は当たっていた。もうすこし進めば、太平のあるじ幸兵衛の殺害現場だ。

さすがに主従は、まったくおなじ場には止まらなかった。ひとつ手前の角に入った。そこから近くの料亭街に通じる往還を見張るようだ。

「まあ、めえと変わりねえかい。芸のねえ奴らだぜ」

「そのようね」

三間ばかり離れた角から仲江家主従の背に視線を釘《くぎ》づけ、仙左が言えばお勢も軽くうなずく。その背後でかわら版屋の矢之市も、声を出せないほどの緊張感に身を包まれている。これまで話を集めるばかりだった矢之市にとって、みずから現場に動くひとりとなるのは初めての体験だ。足がかすかに震えている。

陽が落ちた。これからあたりは急速に暗くなる。このふたりに狙われるのは、なんの用か知らないがこれから旅籠へ向かう商人か、それともお店《たな》に帰る旦那か。前回は帰る旦那だった。まったく幸兵衛ならず不幸な人だった。

はたして仲江右之助が腰の刀に手をかけた。主従ふたりの緊張が、背後からも感じられる。

「ううっ」

矢之市が小さくうめき声をもらした。

仙左はむろんお勢も、いま飛び出して仲江家主従に襲いかかりたい衝動に駆られている。だが野間風太郎たちとの話し合いで、仙左は匕首《あいくち》を手にしておらず、お勢も手裏剣を持って来ていない。まったくの素手なのだ。かわら版屋の矢之市など、端《はな》から刃物とは縁遠い。

仙左たちの位置からは見えないが、きょうの標的にされたのは、小僧をひとり連れた商家のあるじ風だった。その標的のいよいよ近づいたことが、仲江家主従の背の動きから分かる。

「早《はよ》う」

「動け」

仙左が声を洩らし、お勢も低くうめいた。

動いた。はたして仲江右之助は、かなり手練れのようだ。抜打ちの態勢で角を飛び出し、用人もそれにつづいた。

同時だった。

「人殺しーっ」

「辻斬りだーっ」

お勢が金切り声を上げ、仙左は大声で叫びながら飛び出した。矢之市もつられ

たか、

「うおーっ」

叫びながら仙左とお勢に一、二歩遅れてつづいた。

驚いたのは仲江家主従であろう。抜刀し無抵抗のお店者に斬りかかろうとしたところ、背後からそれを咎《とが》める叫び声が上がったのだ。当然、主従の動きは止まり、反射的にふり返った。

町場の者が三人、離れて叫んでいるだけではない。大声とともに走り寄って来るではないか。

「おおぉぉぉ」

「まずいっ」

どちらの声がさきか分からない。仲江右之助と用人の困惑した声がその場を這《は》った。

狙われた商家の主従もそれに気づき、互いに抱き合うように、

「あわわわわっ」

「な、なに。これ!?」

声に出した。

さらに往来の者が数人、駈け寄って来る。商家のおかみさんらしきもおれば行商人もいる。

「なになになに!?」

声に出している。

「えっ、辻斬り!?」

「またかい!!」

言っている声も聞こえる。

こうなればもう辻斬りどころではない。

「旦那さま!」

「うむ」

用人が言ったのへ仲江右之助はうなずき、抜き放っていた刀を鞘《さや》に納めながらその場から走って逃げようとする。

こうしたときの打ち合わせは、すでに伊賀屋の奥の部屋でできている。

走って逃げるのを走って追ったのでは、相手は素性が露顕《ばれ》ないようにと屋敷には向かわず、逆方向か他所《よそ》に向かうだろう。

「――さらにそれを追えば、追われる者は開きなおり、おまえたちの命が危うくなるぞ」

伊賀屋伊右衛門は言ったものだった。長年の徒目付暮らしから出たその言葉に、真実味はあった。

「――危ういときは逃げよ」

と、甲州屋甲兵衛も言った。

お勢、仙左、矢之市の三人はひと呼吸かふた呼吸その場に留《とど》まり、早く駈けつけた野次馬を装《よそお》った。

案の定だった。

仲江右之助とその用人は逃げながらふり返り、追って来る者がいないか確認したようだ。いるのは野次馬ばかりだ。安心したか駈け足から早足《はやあし》になり、最初の角を曲がって街道に出ると、普段の足になった。

「ならば行ってきまさあ」

と、矢之市が現場を離れ、武士ふたりを追った。そのあと三間ほど離れて仙左がつづき、さらに三間ばかりあとをお勢が従った。もちろん、武士ふたりの屋敷を確かめるためである。矢之市は街道に出たところで、武士ふたりの背を見つけた。

追う三人は互いに前後を入れ替えた。

武士ふたり、仲江右之助とその用人は大木戸を江戸府内に入った。もう安心と思ったか、まったく物見遊山《ゆさん》の足取りになっている。

六

四ツ谷伊賀町の茶店伊賀屋の奥の部屋である。

外はすでに暗くなり、部屋の中も行灯の灯《あか》りのみだ。

うす暗いなかに、

「へへーん。やつらお岩稲荷のすぐ近くの屋敷、仲江右之助とその用人に違《ちげ》えありやせんでしたぜ。顔《つら》は面と向かって見ておりやせんが、こんど会ったらすぐに分かりまさあ」

仙左が言ったのへ伊賀屋伊右衛門が、

「よくやった、矢之市もな。おまえたちはまったく並みの御小人目付以上の働きをしてくれた」

「へ、へえ」

矢之市のうなずきは昂《たかぶ》っていた。辻斬りの下手人を突きとめたのだ。本来ならすぐさま文面を考え、誰よりも早いかわら版に取りかかっているところだ。かわら版屋にとって、これほど名誉なことはない。

だが、その仕事をいま、徒目付の野間風太郎から差し止められている。その気分だけが、興奮しているのだ。

仙左もお勢も、まだ落ち着かない。

辻斬りをしようとした輩《やから》を追い立て、犠牲になりかけたお店者《たなもの》を救った。もちろん抜刀し斬りかかろうとしたのが、仲江右之助であることを確認した。いまなお高揚した気分が収まっていないのだ。

「伊右衛門さま、甲兵衛さま、それに野間の旦那も……」

お勢が三人の新旧の徒目付に視線を向け、

「言っておきますが、あたしたちに〝並みの御小人目付以上〟など、なんのほめ言葉にもなりませんからねえ。それよりもお城のお目付のお人ら、仲江右之助への処断がゆるいものだったらどうなるか、分かっておいででしょうねえ」

「おいおい、おまえたち。処置は城内の目付に任せ、みょうなことを考えるんじゃねえぞ」

野間風太郎が言ったのへ仙左が、

「そりゃあ旦那、お目付しだいでさあ。無礼討ちのときみてえにお構いなし同然じゃ、町場の者が黙っちゃおりやせんからねえ」

「おまえたちの言う町場の者とは、おまえたち自身のことじゃろ。ふふふ、おまえたちにゃ以前があるからのう。こたびはそこへ矢之市まで加わるか」

甲州屋甲兵衛が応じて言ったのへ、

「い、いえ。滅相《めっそう》もありやせん。あっしゃそこまでは」

名指しされた矢之市は、あわてたように顔の前で手のひらを振った。あくまでかわら版屋でいたいようだ。

「甲兵衛さま、あたしたちの言う〝町場の者〟とは、仙左さんとあたしだけじゃありませんよう」

お勢が甲兵衛に視線を向けて言う。

「無礼討ちの旗本があたしたちに、いいえ、何者かに誅殺《ちゅうさつ》されたとき、町場のみんなが喝采《かっさい》していましたよ。ですからあたしたちのいう〝町場の者〟とは、町の人たちみんなのことですよう」

「ふむ」

甲兵衛が得心のうなずきを見せたところへ、

「旦那さま、旦那さま。大変でございます！」

廊下から足音とともに聞こえた声は、伊賀屋の番頭だった。

「なにごとですか、そんなにあわてて」

伊賀屋伊右衛門が落ち着いた口調で応じ、

「ともかく部屋に入りなさい」

その言葉が終わらぬうちに、番頭はふすまを開けた。緊張した番頭の顔がそこにある。

「なにごとですか、いったい」

伊右衛門の問いに番頭は応えた。

「はい。所用で市ケ谷《いちがや》の同業を訪ね、帰って来たところでございますが、いましがた、もう夕刻近くですが、左内坂《さないざか》に辻斬りが出たとかで、向こうはいま大騒ぎでございます」

「なんですと！」

「えぇえっ、まっことに！」

部屋の中は騒然とし、いずれもがそろって腰を浮かせた。あるじの伊右衛門は丁寧なもの言いのままあわてた口調になり、

「さあ、そこに座り、詳しく話しなさい」

その場を手で示した。

番頭が部屋の畳に腰を据えるのを、一同は固唾《かたず》を呑んで見守った。そのあいだにも、

「市ケ谷の左内坂？」

矢之市が言い、

「仲江右之助とは別物《べつもの》の殺し!?」

「かも知れませぬ」

仙左が言ったのへお勢がつないだ。

番頭が座についた。

「さあ。ちょうどよく皆さん、お集まりです。話しなさい」

あるじの伊賀屋伊右衛門は、あらためて番頭をうながした。

「はい」

番頭は話しはじめた。

同業者の店場で用件をすませ、帰り支度にかかったところへ、そのお店の奉公人が駈け戻り、

「——い、いま、おもてで辻斬りが!」

声を上げたという。

「——いま町は、その話で混乱しておりますっ」

とも。

伊賀屋の番頭も、最近あるじがお仲間と辻斬りの話をよくしているのを知っており、町のうわさを集め、急ぎ戻って来たのだという。

内藤新宿での辻斬りとおなじで下手人は分からないが、殺されたのは地元市ケ谷八幡町《はちまんちょう》の料亭桜花《おうか》のあるじ梅之助《うめのすけ》であることがすぐに分かったらしい。その場で遺体を検分した町衆の幾人かが、悲痛の声を上げ証言したという。

外堀の市ケ谷御門前の広小路から、堀とは直角に町場に向かって坂道が延びている。市ケ谷御門からは上り坂で、そこを左内坂といった。

町場の坂道だが上り切ったあたりが武家地となり、人通りは極度に少なくなる。そこできょう暗くなりかけた時分に、

「――つじ、辻斬りが！」

出たというのだ。場所の特徴も時刻も狙った相手も、内藤新宿のときとよく似ている。

市ケ谷の同業者の奉公人が、現場の近くで聞き込んできたのはそこまでで、

「ご遺体はすでに片づけられ、血の流れているのは見ました」

と、言う。

うわさを聞いてすぐ戻ってきたのではなく、現場に駈けつけ、流れている血潮を見た、まさに生々しい証言だった。

（二番煎《にばんせん》じの辻斬り！）

伊賀屋の番頭の話を聞いた者は、誰もが思った。

さらに、殺された商人が料亭桜花のあるじ梅之助と聞いたとき、伊賀屋伊右衛門は内心、

（えっ）

と、思うところがあった。

そこに気づいた仙左がすかさず伊右衛門に、

「旦那、殺されなすったお人、ご存じで？」

「まさか、下手人まで知っていなさるのでは？」

さらにお勢が踏み込み、問いをつないだ。

そのようなふたりに、

「あんたら、なにを訊いてる。まるで岡っ引になったみてえに」

矢之市が驚いたように言った。実際、仙左とお勢は伊右衛門に岡っ引以上の問いを入れたのだ。

二　殺しの決断

一

談合はまだつづいている。

四ツ谷伊賀町の茶店、伊賀屋の奥の一室だ。

顔ぶれは現役徒目付《かちめつけ》の野間風太郎、元徒目付でいまは隠居の甲州屋甲兵衛と伊賀屋伊右衛門、それに仙左とお勢、かわら版屋の矢之市だ。市ケ谷左内坂《いちがやさないざか》での殺しの話が飛び込んできたことに、一同は悲痛な思いになっている。

それは府外の内藤新宿《ないとうしんじゅく》に発生した辻斬《つじぎ》りをまねた、いわば突発的な辻斬りに似せた殺しではないかと疑われるものだった。

殺されたのが市ケ谷八幡町《はちまんちょう》の料亭桜花《おうか》のあるじ梅之助《うめのすけ》と分かったとき、伊賀屋伊右衛門が見せた一瞬の表情の変化を仙左は見逃さず、お勢も気づいていた。

仙左が伊右衛門に視線を向け、

「旦那《だんな》、なにか心当たりでも？　そんなお顔でやしたぜ」

「あたしもそれ、感じました」

お勢も伊右衛門に視線を向けた。

「いや。別段、隠し立てするわけではないが、おまえたちの言うとおり、心当たりがないではない」

「えっ、どんな」

仙左が反応し、お勢はさらに伊右衛門を凝視し、矢之市も、

「聞きてえ」

と、上体を前にかたむけた。

甲州屋甲兵衛はわずかにうなずき、

「こいつは仙左もお勢も矢之市も、知っておいたほうがいいかも知れぬのう」

野間風太郎も先刻承知のように言い、

「ただし、矢之市。俺がいいと言うまで、かわら版はむろん世間話ででも口にすることは許さんぞ。お上《かみ》の仕事に関わることゆえのう」

「そ、そりゃあ。へ、へえ」

風太郎の強い口調に矢之市はあいまいながらも、承知の返事をした。

仙左もお勢も真剣な表情になり、風太郎だけでなく甲州屋甲兵衛と伊賀屋伊右衛門にも強い視線を向けた。料亭桜花のあるじ梅之助が、辻斬りに似せたように殺された背景には、秘《ひそ》かに徒目付衆が追っている事件にからんでいるのかも知れない。

伊賀屋伊右衛門が、年寄りらしく思い出すような口調で言った。

「こうしたことはのう、わしらが隠居するまえ、現役の時分からくすぶっているもののようじゃ。それはわしら下っ端の徒目付が手をつけにくいものでのう。桜花の梅之助の死は、そこに係《かか》り合《お》うているのかも知れぬ」

ただの辻斬り被害ではないことを、断言するような口調だった。

かつて現役の徒目付であった甲兵衛と伊右衛門は、そこに手をつけようとした。現場に走る徒目付として、物事の裏を探《さぐ》ろうとしたのだ。

「分からねえ。何がどのように、手がつけにくいので？」

仙左がじれったそうに言ったのへ、隠居然とした伊右衛門は返した。

「黙って聞け。わしとてこのこと、どこからどう話せばよいものやら、迷いながら話しておるのだ」

「そうですよ、仙左さん。ともかく伊右衛門さまの話を聞きましょう。なにやら根深く複雑なようだし。途中で喙《くち》を容《い》れたりすりゃあ、かえって混乱するじゃないですか」

お勢がたしなめるように言ったのへ仙左は、

「そ、そりゃあ、まあ……」

恐縮した口調で返し、伊右衛門は咳払《せきばら》いをし、ふたたび話し始めた。かなり複雑で、町場には出せない話のようだ。

矢之市はかわら版屋として、無言のままいっそう興味を深めた表情になった。

はたして伊右衛門の語る内容は、この場でしか言えないものだった。

事前に伊右衛門は、同輩の甲兵衛と現役徒目付の風太郎と、

「――やつらには口止めのうえで話しておこう。ともかくあの者どもは、われら

の御小人目付《おこびとめつけ》のようなものじゃからのう」

と、話し合っていたのだ。

伊右衛門の口調と、そこにうなずきを入れる甲兵衛と風太郎のようすから、この件に風太郎たちが以前からいらいらしたものを覚えていたことが感じとれる。

料亭などは、おもての繁盛ぶりと帳簿との差に不自然さや不正を感じても、外からの吟味《ぎんみ》でそれを暴《あば》くなど不可能に近い。発覚するのは、内部からの暴きがあった場合に限られるようだ。

伊右衛門と甲兵衛は現役の徒目付であったころ、まだ改革発布のまえで、奢侈《しゃし》法度《はっと》の達しなどはなかったが、繁盛しているが帳簿は寒い料亭に探索の手を入れようとした。やはり店の内輪《うちわ》もめから帳簿の不正が外部に洩《も》れたのだ。またとない機会だった。伊右衛門と甲兵衛は勇んだ。だが上役《うわやく》の目付から、待ったがかかった。理由は、分からない。ただ上役の目付は、

「——無駄だ、よせ」

と、言うのみだった。

なるほど料亭の帳簿など、不正があっても吟味は困難だ。甲兵衛と伊右衛門は、

上役の目付はそれを言っているのかと思い、

「――大丈夫、手間ひまをかけてもおもてにしてみせます」

と、強気をみせたが、踏み込み可《よし》の認可は下りなかった。

それが一度や二度ではなく、やがて伊右衛門と甲兵衛は現役を退いた。

あとを野間風太郎が継いだ。

風太郎も隠居ふたりから話を聞き、目星をつけた料亭に踏み込もうとした。目付の反応は、甲兵衛や伊右衛門のときよりも明確だった。

「――むだむだ。よせ」

などと曖昧《あいまい》なものではなく、

――手入れ無用！

と、明確な踏み込み禁止の沙汰《さた》だった。

「――なにゆえ！」

風太郎は喰《く》い下がろうとした。

だが、それが目付からの下知《げじ》であっては従わざるを得ない。すでに隠居の伊賀屋伊右衛門も甲州屋甲兵衛も、

「――仕方のないこと」

「――これも宮仕《みやづか》えの辛《つら》さ」

などと言う。

風太郎が伊右衛門たちから聞き、みずからも探索し胡散臭《うさんくさ》いと思った料亭は江戸府内のあちこちにあった。それはまた、皮肉であろうか目付や徒目付の役宅が集中する四ツ谷界隈《かいわい》に多かった。江戸城外堀《そとぼり》の四ツ谷御門から内藤新宿に向かう甲州《こうしゅう》街道の両脇周辺である。

「――そりゃあそうだろう。あそこの街道一帯はお目付衆の庭みてえなもんだからなあ」

と、町の者は言っていた。

伊右衛門や甲兵衛、風太郎たち役人の役宅がその一帯に集中しておれば、お勢や仙左たちも、意図したわけではないがその町場に部屋を借り住みついている。もしそれを偶然というなら、これもまた皮肉かも知れない。

時代《とき》は半年近くまえ、水野忠邦《みずのただくに》の天保《てんぽう》改革が動き出したばかりのころだ。

――諸役人の弊風《へいふう》を改《あらた》むべきを令《れい》す
忠邦の城中でのひとことに役人たちは驚いたが、緊張したのはそれを伝え聞いた町場の庶民たちだった。

「――どうなる」

料亭の奥などは戦々恐々とした。

諸役人の〝弊風〟の最たるものといえば、町場の料亭での武士と商人の飲食の場である。実際、世間から乖離《かいり》したその贅沢さには、目に余るものがあった。放置しておれば庶民は眉《まゆ》をひそめ、それは幕府への反感となって町場に蓄積されることになる。このことから、忠邦の打ち出した改革は幕府安泰のため、また庶民の平穏のため間違ってはいなかった。

改革で最も衆目につきやすく目立つのは、はたして飲食の奢侈《しゃし》への禁令だった。町々にお達しが出されたのは改革の発令と同時で、これがほんの半年ばかりまえのことだ。

「――こいつはいいや。もろ手を挙げてご老中さまに礼を言いたいぜ」

「――そうそう、あっしらもで」

仙左や矢之市ら巷間《こうかん》の者が言えばお勢は、

「――そりゃあ分かるけど、ほんとに取り締まられたんじゃ、お座敷が成り立たなくなっちまいますよう」

と、懸念を口にしていた。

この面々だけではない。江戸中にそうした両面の声が聞かれたのだ。

奉行所からのお達しは、料亭の料理に値のかさむ材料を使うのはもとより、不相応な手間をかけ高く売るのも買うのも法度とした。お勢の懸念は的中した。昼食や夕食をとるのに芸者をかたわらに侍《はべ》らせるなど、贅沢の極《きわ》みである。

それだけではなかった。世間には通《つう》と称して季節はずれの食材を購《あがな》い、それを珍品として自慢する風潮があった。寒中の納豆《なっとう》をわざわざ暑中に求めて悦《えつ》に入《い》り、話題にしていた者までいたから、この風潮はかなりの層まで広まっていた。もちろんそれもご法度である。

町の通人《つうじん》が、通を自慢できなくなった。

ここまでくれば仙左たちが、

「――ちょいとお百姓に弾《はず》み、冬の寒空《さむぞら》に春のタケノコを喰《く》らって粋《いき》がるのもだめらしいぜ」

　と、法度への不満を口にしはじめた。仙左たちまでがそうなのだから、忠邦の改革に怨念《おんねん》を募らせる者は、江戸市中の広い層にわたった。老舗《しにせ》の料亭に客は来ず、お座敷から声がかからなくなったお勢などまだいいほうで、暇を出された奉公人などもいて、なかにはご法度をまともに受けとめ味自慢の暖簾《のれん》を降ろす料亭まであった。それは町場の一膳飯屋にまで及び、

「――このまま進みゃあ、世の中死んじまうぜ」

　と、声があちこちに聞こえ始めた。お勢の懸念は当たった。

　だが、仙左も矢之市もご法度より半年ばかりで、

「――いってえ、どうなってんだい」

　と、法度への疑念を話し始めた。

　お勢は、

「――あら珍しや、お座敷からお声が」

　と、笑顔になった。

　町々に、改革まえの活気が戻ってきたのだ。

その理由《わけ》をいま、元徒目付の伊賀屋伊右衛門と甲州屋甲兵衛、それに現役徒目付の野間風太郎が、町場のお勢、仙左、矢之市に茶店伊賀屋の一室で語ろうとしているのだ。

町場に以前とおなじ活気が見え始めたからといって、忠邦が改革の触《ふ》れを半年ばかりで引っ込めたわけではない。それどころか忠邦は、改革を徹底せよと下知していた。

町場に活気が見られ始めたのは、市井《しせい》に暮らす商人たちが忠邦の下知にうまく対応したからだった。

それは目付の役宅が集中する四ツ谷で顕著だった。地元であるお勢や仙左、矢之市らが、

「――ん？　これは……」

と、江戸庶民のなかでもまっさきに気づいた。

口入《くちい》れ稼業の甲州屋甲兵衛が言う。

「――さすがは四ツ谷のあるじたちよ。ご改革の下知にうまく対応なされた」

「――えっ、対応？　どんな……」

仙左が問《と》い返した。

甲兵衛は応《こた》えた。

「――お目付衆を、懐柔《かいじゅう》したってことさ」

「――そう。仕方なくそうなさったのさ」

伊右衛門がつづけ、現役の野間風太郎も大きくうなずきを入れた。

忠邦の天保改革は、伊右衛門や甲兵衛たちが隠居してからのことだ。そのお達しが出たときふたりは、

「――わしらこんなことへの取締りを免《まぬが》れ、よかったのう」

「――風太郎たちが大変じゃろて」

などと話し合ったものだった。

その〝大変〟が現在《いま》なのだが、野間風太郎は忠邦の改革に奔走しているのではない。

口入屋の甲州屋甲兵衛は、

「四ツ谷界隈の料亭のあるじたちが話し合い、お目付衆をうまくたらし込みなす

ったのさ」

と、語る。

「なんですかい、それ」

仙左が問い返し、矢之市も首をかしげたが、さすが芸者のお勢は、

「やはりそうでしたか。うわさには聞いておりましたが、料亭の旦那さまがた、さっそく動きなさったのですね」

と、呑み込みが早かった。

たらし込んだ……、それを別の言葉で言えば、懐柔したと表現できようか。

飲み屋の〝弊風〟を禁じれば、困るのは酒屋だけではない。これまでそれを楽しんでいた庶民が意気消沈し、町々の動きは沈滞する。もちろんその沈滞は料亭のみならず横丁のめし屋にも波及し、商家から接待を受けていた役人たちからも日々の活気は消える。

「――ここはひとつ……」

と、商家のあるじたちはこれまで馴染《なじ》みのあった目付の役人衆を料亭の奥にいざない、

「――いかがでございましょう。お互いのためにも、ひとつお目こぼしがあっても、世のため然《しか》るべきかと……」

と、袖《そで》の下に包みを忍ばせる。

不自然ではない。

あとは魚心あれば水心だ。

奢侈ご法度のお達しが出てから半年も経《た》たぬうちに、四ッ谷界隈の料亭の奥には遠慮気味だが活気が戻り、日を経《へ》るにつれそれは公然となり、その手口は日本《にほん》橋《ばし》、両国《りょうごく》界隈にと広がった。お勢に馴染みの料亭から声がかかったのも、このころからだった。やがて一膳飯屋も酒の売れ行きが回復し、以前とおなじ活気を見せるようになった。

それを話すのは茶店の伊賀屋伊右衛門と口入屋の甲州屋甲兵衛で、さすがに現役の野間風太郎は無言で、肯定のうなずきのみをくり返した。だが、最後までうなずきだけだったわけではない。終わりごろには風太郎も口を開いた。

「ともかくだ、俺たち徒目付はお目付の差配で動いておる。お目付が取り締まる必要なしと言えば、わしらは手が出せんのじゃ」

すかさずお勢が、

「そりゃあ、手を出してもらっちゃ困りますよ」

風太郎は苦笑いのうなずきを示した。

仙左がその笑いを受け、

「そのこと、ご老中の水野忠邦さまはご存じなので？」

問えば風太郎が、この日の話をしめくくるように、

「知らん。ご老中に町場のようすを報告するのはお目付で、どんなふうに話しているやら、俺たち徒目付の知るところではない」

「おもしれえ。ご老中の水野さまとやら、きっとお目付衆の報告に満足していなさろうなあ」

かわら版屋の矢之市が大きな声で言ったのへ、一同は口元をゆるめ、風太郎はまた言った。

「それをかわら版に書いちゃならんぞ。ご老中がほんとうの町のようすをお知りになったら、かえってわしらはやりにくうなるからのう」

隠居ふたりは解したようにうなずいた。目付たちが、

――町から奢侈は消えておりませぬ

などと報告したなら、忠邦はさらに厳しい法度を下知するだろう。

「へへへ。かわら版はしばし、目をつむらせてもらいやしょうかい」

矢之市が返したのへ、野間風太郎たち新旧の徒目付も、仙左とお勢も、得心するうなずきを見せた。

この日の談合は、終始改革の結果が語られていた。

二

改革談合がお開きになったのは、宵の口であった。

四ツ谷伊賀町の茶店伊賀屋を出た仙左たち三人は、あらためて伊賀屋の裏手になるお勢の長屋の部屋に顔をそろえた。徒目付の野間風太郎たちも、それを期待して伊賀屋での談合を終えたのだ。お勢、仙左、さらに矢之市の三人が談合し、目付と結びついている商家、あるいは商家と結びついている目付に関心を持ち、それを探るのに動きだすことへの期待である。

仙左と矢之市がお勢にいざなわれ、畳に上がり込んでいる。ふたりともこれまでお勢の部屋の土間に立っても、畳に上がり込むことはなかった。すでに暗くなっているものの、お勢はふたりを、

「上へ」

と誘い、部屋の行灯《あんどん》に火を入れた。

遠慮気味に上がるふたりにお勢は、

「このままあなたがたを帰すわけにはいきませんからねえ」

言えば仙左も、

「へへ、あっしらもで」

「そのようで」

茶店伊賀屋からお勢の長屋までの十数歩の道のりに、三人はすでに思いをひとつにしていた。

上がって畳に座り込むなり、

「徒目付の野間風太郎さま、元徒目付でご隠居の伊賀屋伊右衛門さま、甲州屋甲兵衛さま、なんともいじらしい。たてまえじゃなく、本心から正義感がお強いよ

うじゃありませんか」

　お勢が言えば仙左も、

「そう、それは俺も感じたぜ」

「あっしもで」

　と、矢之市もつづけた。

　現役の風太郎はもとより、さらに隠居の伊右衛門と甲兵衛も、お勢と仙左と矢之市に、配下の御小人目付よろしく、

『探《さぐ》れ！』

　と、命じたいところだが、そうしたのではお勢も仙左も、さらに矢之市も、逆に動かなくなることを承知している。しかも上役の目付から、手をつけぬように釘《くぎ》を刺されてもいる。

「へへん。それであのお人ら、俺たちに探らせようとしなすった。さすがは町場を知る徒目付のお方らだ。町場を知らねえ、お偉いお目付さんたちたあ違うぜ」

　仙左が言ったのへ矢之市が、

「そういう感じでやした。奢侈ご法度をこともあろうに目付どもが逆手に取り、

料亭のあるじたちとつるんで私腹を肥やしているたあ、おそれいりやしたぜ。ちょいとそのあたり、のぞかせてもらおうじゃありやせんか」

と、かわら版屋根性をしのばせて言えば、

「へへん。料亭の裏庭に入《へえ》ってトンカンやってりゃあ、外からは見えねえことも見えてくらあよ。こいつあほんに、おもしろうなってきやがったい」

「あたしも、お座敷に出るのが楽しゅうなってきたような。どんな話が飛び出すことやら」

仙左がつづけ、お勢がつないだ。

そのふたりの表情を矢之市はのぞき見る仕草をとり、

「それらを集め、なにをしようと？」

低い声をその場に這《は》わせた。

お勢と仙左には、お店者《たなもの》を無礼討ちにした武士主従を、〝許せぬ〟と私的に制裁した実績がある。庶民に代《か》わり、秘かに敵討《かたきう》ちをしたのだ。それを矢之市は知っている。だが、かわら版には書かなかった。

仙左が返した。

「そりゃあ、そのときになってみなきゃ分からねえ」

「仙左の兄イとお勢の姐《あね》さんのことだ。本物の御小人目付みてえに、探るだけたあ思えやせんが」

「それが分かってんなら、いちいち訊《き》くな。それにおめえ、かわら版屋だからってんで、よそでこれを話しやがったら承知しねえぞ。お目付衆と料亭のからまりについちゃ、おめえも俺たちの一員になってんだからなあ」

「そうですよ、矢之市さん」

お勢も仙左のあとを押す。

「へ、へえ。そりゃあ、もう」

矢之市は返した。

さらにお勢は念を入れるように言った。

「矢之市さん。おまえさん、あたしたちが理不尽な武家をどう処断するか心配してるようだけど、すべては真相を確かめ、それをご城内のお目付衆がどう処断するかを見てからです。早とちりで無駄な心配などしなさんな」

「そういうことだ、矢之市どん」

と、こんどは仙左がお勢のあとを押すように言った。

「へ、へえ」

矢之市は肩をいくらかすぼめて返した。

三

つぎの日からだった。

三人はそれぞれの場で、料亭桜花の梅之助が〝辻斬り〟に遭ったことへのうわさ集めに取りかかった。

だが、仙左がその気になったからといって、すぐいずれかの料亭から鋳掛《いかけ》の声がかかるわけではない。お勢はなおさらで、商家の旦那が町奉行所の役人を招いたお座敷など、そういつもあるものではない。

それでも仙左は顔なじみの四ツ谷界隈の武家屋敷の裏門を叩《たた》き、さらに広小路に商売道具をならべ、トンカンとやり始めた。お勢もまた、以前は自分からお座敷を望むことはなく声がかかれば出る程度だったのが、

「よろしゅうお願いしますね」

と、積極的に出る姿勢を、馴染みの置屋《おきや》や料亭に示し始めた。

最も動きやすいのは、かわら版屋の矢之市だ。

「確かめてきまさあ」

と、殺されたのが市ケ谷八幡町の料亭桜花のあるじ梅之助と分かっているのだから、その近辺から聞き込みにかかった。すでに料亭桜花に近い町場にうわさは出まわっており、声をかけた顔見知りの住人からは、

「なんでえ、おめえさん、かわら版屋じゃねえか。いまごろ来たって、新しい話はねえぜ」

などと言われる始末だった。それでじゅうぶんだった。矢之市の目的は仙左やお勢と話し合ったとおり、徒目付の野間風太郎たちの語った内容に、誇張がないかどうかを確かめることだったからだ。

年寄りや若い者、男や女など、矢之市はさすがにかわら版屋であり、聞き込みにもそつがない。

数日もすれば、お勢も仙左もそれなりにうわさに接していた。

そのたびに仙左は、

「許せねえ！」

と、無礼討ちの武家主従を成敗した時の思いをよみがえらせ、お勢も、

「そんなこと、放っておけませぬ！」

と、強い口調で吐いていた。

三人があらためて聞き込んだうわさは、野間風太郎たち新旧の徒目付が語っていたものとほぼ一致していた。

――ありゃあ突発的な辻斬りなんぞじゃありゃせん
――辻斬りに見せかけた、意図的な殺しだ
――殺《や》ったのは、お城の上のほうの者らしいぞ
料亭桜花のあるじ梅之助は、たまたま辻斬りに遭遇したのではない。意図的に殺されたのだ。誰に……。目付の手の者に……。

辻斬りの刃《やいば》にかかったのが八幡町の料亭桜花のあるじで、その料亭の存在は知っていても、あるじの名までは分からず顔も知らなかった。そのことがお勢と仙左に、即座に奮い立たせるものにはさせていなかった。

そうしたうわさと憤懣《ふんまん》を肚《はら》の底に、ふたたび三人は顔をそろえた。お勢の長屋の部屋で、風太郎たち新旧の徒目付には声をかけていない。場所柄、お勢が座《ざ》頭《がしら》になる。そこに仙左も矢之市も異存はない。もっともお勢は仕事柄、量は矢之市に及ばないものの、元凶に最も近い筋からうわさを集めているのだ。

そのお勢が聞き込みのあいまに、料亭の裏庭などで仙左にそっと言う。聞き込んだうわさの交換だ。

「お城の上のほうのお人だけど、町役さんたちから一番よく聞いた名は、かつて水野家江戸屋敷の横目付で石川《いしかわ》儀兵衛《ぎへえ》という人でした。忠邦公が老中に就《つ》くなり、幕府の目付に就き、権力が倍加しきわめて羽振りがよくなったとか。この者がこともあろうに、倹約令に乗じて町場の料亭の旦那衆に声をかけ始めたらしいのさ。つまり賄賂《まいない》をとって倹約令のお目こぼしをしている元凶……」

「そいつぁ俺も聞いたぜ。風太郎の旦那たち、おなじ目付筋の役人なのに、それが分からなかったのかねえ。俺たちに町場で問いかけをさせるなんざ」

仙左が返し、お勢はさらに言った。

「風太郎さまたち、その名に気づいていても、おなじ幕府のお役人だから逆に手がつけられず、それであたしたちに話を持って来たのでしょう。しかも探索が直属の上役を貶《おとし》めることになるかも知れないとあっては、そこはそれ宮仕えの辛さで、ついついあたしたちに振ってきたのでしょうよ」

料亭の裏庭での立ち話に、芸者と鋳掛職人がこれ以上長く話し込むことはできない。しかも話の内容は、実に物騒なものだ。ただ仙左はお勢の話に、表情をこわばらせていた。

矢之市も聞き込みに奔走しながら、おなじ四ツ谷界隈だからお勢と仙左によく出会う。

三人が武家地の角で出会い、つい三人そろっての立ち話になったこともある。武家地であれば人通りはきわめて少なく、白壁の角で武士でも女中でもなく、それぞれの職業の町人がたまたま出会ったように話し込んでいても、それを気にかける者はいない。

そうした場で、矢之市がふたりに言ったことがある。

「で、これらのこと、風太郎の旦那にいつ話しやすので？」

立ち話の座が、瞬時緊張に包まれた。

すぐに、

「きょうにも」

「そう、これからだ」

お勢が言い、仙左がつづけた。

「えええ！」

矢之市は驚きの声を上げた。矢之市はそれを質問どおりに、野間風太郎に話す時期を言ったのでないことを感じ取ったのだ。

矢之市は聞き込みをつづけながら、お勢と仙左のふたりが憤激のあまり、さき走ることはないかと心配でならなかった。風太郎にいつ話すかと訊いたのは、仙左とお勢が憤懣を直接行動に移すことを牽制《けんせい》するためだった。

臆病なのではない。ただ、心配なのだ。

（あっしはかわら版屋ですぜ。人知れず刃物を振りまわすなんざ、ご免こうむりまさあ）

これが矢之市の思いだ。

このときの仙左とお勢の〝きょうにも、これから〟の応《こた》えを矢之市は、

（風太郎旦那への報告なんざじゃねえ。自分たちでなんとか、その焦《あせ》りの気分をあらわした）

と、解釈したのだ。

お勢はむろん仙左にもまだ理性は残っているものの、矢之市の勘は決して見当違いではなかった。その場で矢之市は考えて言った。

「ここじゃなんでやすから、とりあえず畳の上で話し合いやしょう。野間の旦那方にも声をかけ、じっくりと」

意外にも、

「ふむ」

「そうね」

と、仙左とお勢はあっさりと応じた。

矢之市はホッとするものを得た。仙左とお勢のなんらかの動きを牽制するには、風太郎たち徒目付衆の存在が必要なのだ。

「ならば、あっしが」

と、矢之市はその場からひと走りした。

町人三人衆と新旧の徒目付三人衆は、その日の内に膝《ひざ》を合わせた。

町内のいつもの茶店伊賀屋の一室だ。矢之市が声をかけたのは野間風太郎だけだったが、場所が伊賀屋とあっては隠居の伊右衛門と甲兵衛も、当然のように顔をそろえる。伊右衛門にすれば、自分の家屋内での集まりなのだ。ともかく新旧の徒目付三人衆は、町場の三人衆が集めた聞き込みの中身を知りたいのだ。

呼びかけ人は矢之市であっても、町場の三人衆はやはりお勢が武家の三人衆に対し代表格となる。

「旦那方がにおわせなさったとおり、元凶は石川儀兵衛なるお目付に間違いないようですねえ」

お勢が仙左や矢之市の聞き込んだこともまとめて話し、

「お城のお目付と料亭のあるじたちとの悪《あ》しき結びつきを、武家地でも町場でも知らぬ者はいないほどですよ」

と、それがすでに江戸市中に広く知れわたっていることも語った。

聞き終え、現役徒目付の野間風太郎が、

「やはりお目付衆の悪しき所行は、ほんとうだったのだなあ。すでにそれが世に知れわたっておるとは」

嘆息《たんそく》するように言ったのへ、

「うーむ、やはりにわか目付の石川儀兵衛さまがのう」

「あのお人、下手《へた》にお諫《いさ》めしようものなら、わしらまで口封じの的になってしまうぞ」

隠居の伊賀屋伊右衛門と甲州屋甲兵衛がつないだ。

「えっ。それってまさか、桜花の梅之助旦那みてえに……!?」

仙左が声を上げ、上体を前にかたむけた。

矢之市も言った。

「殺し……でやすか。やはりそんな人なんですかい、にわか目付の石川儀兵衛なる旦那は!? 老中を背景に、大きな権力を手にしたばっかりに」

「いや、目付詰所《つめしょ》で秘かに聞くところによりゃあ、大きな権力を手にしたからじゃのうて、たまたまそういう人物が、幕府の目付になっちまったのよ」

風太郎が吐き捨てるように応《こた》えたのへ、

「ご老中の水野忠邦さま、よほど人を見る目がなかったんですね」

お勢が言い、隠居の伊右衛門か甲兵衛のどちらかが、

「世を見る目も……」

言いかけて口をつぐんだ。どちらでもいい。ひとりが言えば、もうひとりも決まってうなずくのだ。いまもそうだった。現役の野間風太郎も、かすかにうなずいていた。

「だからというて……」

お勢が言葉をつづけた。

「市中を直接走りなさる徒目付のお人らじゃなくて、お城の目付詰所に陣取っていなさるお目付衆が、そんな同輩を排除するんじゃなくて、逆に媚《こ》びたりおこぼれに与《あずか》ろうとして、すでに一派を成《な》しているようだとまで、ちょいと小耳にはさんだことがありますよ」

「ほう、さすがはお勢だ。詳しいのう。どんな役務《やくむ》に限らず、城内にゃそういうのがけっこういるさ。それが目付衆のなかにもいて、石川一派という……」

伊賀屋伊右衛門がまた言いかけて途中で口をつぐみ、

「ともかくおまえたち、よう問いかけをしてきてくれた。礼を言うぞ」

現役の徒目付の任にありながら、恥も外聞もなくそこまで言えるのは、野間風太郎がお勢たちを、岡《おか》っ引《ぴき》のような配下の御小人目付と見なしているからだ。

いま仙左はそこにはこだわらず、

「旦那方、それを確認なすって、どうなさるんで？」

と、三人の新旧徒目付を凝視した。お勢の視線もそれにつづく。矢之市も緊張の思いになっている。

「そ、それは」

現役の風太郎が口ごもったのを、すかさずこの屋のあるじの伊賀屋伊右衛門が引き取った。

「いやいや、これによってすぐにどうこうするというわけじゃない。わしらは元徒目付として、風太郎は現在《いま》の者として事態を掌握し、しばし成り行きを見守る算段じゃ。とくに風太郎などは現在の者ゆえ、かえって動けぬ。おまえたちにゃ分からんじゃろが、それが宮仕えというものでのう」

「さようですかい」

隠居と現役の徒目付の意を解したように、穏《おだ》やかな口調で仙左は返した。激昂《げきこう》のあまり、この場を紛糾させるかと思った仙左の姿に、

（ん？）

と、伊右衛門たちはかえって驚きの色を見せた。新旧徒目付の三人は、興奮し成敗を叫ぶ仙左とお勢をなだめるのが、きょうのこの場の目的になると思っていたのだ。

もし仙左とお勢が興奮し、目付の石川儀兵衛になにやら仕掛けようとしたならどうなる。おいそれと町人に討たれる儀兵衛ではない。すぐさま逆探索を入れ、仙左とお勢が野間風太郎の手の者と見破るだろう。そうなれば現役の風太郎はむろん、隠居の伊右衛門も甲兵衛もただでは済まなくなるのは必定《ひつじょう》である。

座にホッとした雰囲気が漂ったのを、かわら版屋の矢之市は感じ取った。感じたというより、当人がまっさきにホッとしたのだ。そのうえで言った。

「聞きゃあ石川儀兵衛さまとかや、聞きしに勝《まさ》るお人のようでやすねえ。〝しばし成り行きを見守る〟たあ、つまり見て見ぬふりをするってえことですかい」

いくらか皮肉のこもった言いようになったが、かわら版屋として矢之市はそれ

を望んでいる。

「いや、そうじゃねえ」

伝法な口調で言ったのは、現役の野間風太郎だった。

「いずれ目付と料亭とのなれ合いが幕府内にも知れわたり、それがご老中のご改革に齟齬《そご》を来たしているとあれば、ご老中みずからの発案で糾弾の声は上がろう。その時を待つのじゃ」

「ほっ。いつになるか分かりやせんが、そのときゃあっしにお役所の動き、詳しく教えてくだせえよ。約束ですぜ」

「むろん」

矢之市の言葉に風太郎は返し、

「それに仙左よ、きょうはおまえがいきり立ち、なだめるのにひと苦労するかと思うておったが、案外おめえ、落ち着いているじゃねえか。その我慢、わしゃあ気に入ったぜ」

伊賀屋伊右衛門と甲州屋甲兵衛がうなずきを見せ、むろん矢之市も内心うなずいていた。

お勢が言った。

「そう、我慢してるんですよう。それができるのは、殺されなさった桜花の梅之助旦那は、他の町であたしたちに直接面識がなかったからですよ。ですが、お武家の辻斬りも断じて許せませんが、それに見せかけての殺しなど……。しかも多くの料亭の亭主たちが袖の下を包み、それをしなかったのが原因のようでは……。いよいよもって捨て置けませぬよ」

「そう、そのとおりさ。捨て置けねえ」

当然のように仙左はつなぎ、

「もし殺されなすったのが、一度でも口をきいたことのある旦那なら、もう凝《じ》っとしておれやせんぜ。俺たちゃ殺した野郎を狙《ねら》い、いまごろここでのんびりしちゃおりやせんや」

「おいおい、物騒なことを言うな。向こうはおまえたちが狙って簡単に斃《たお》せる相手じゃないぞ。それもあるから、わしらはきょうおまえたちの呼びかけに応じ、すぐさまここに膝をそろえたのじゃ。おまえたちがいきり立っていたなら、などめようと思うてなあ」

伊賀屋伊右衛門が言い、甲州屋甲兵衛がうなずきを見せる。

仙左がまた言った。

「へん。なだめに応じるかどうかは、これからのお目付さんしだいであることを忘れてもらっちゃ困りやすぜ。それに、しばらくようすを見るってえのも、あっしらもそうしてるんでさあ。しかしねえ、いつまで待てるか分かりやせんぜ。ご城内に悪徳目付糾弾の声が出る？　十年後ですかい、百年さきですかい。あっしゃあ、そんなの期待しちゃおりやせんぜ。いつまでも待たされたんじゃ、ご城内そのものが悪徳になりまさあ。そこから悪徳糾弾の声？」

「仙左さんっ」

横合いからお勢が喙《くち》を容《い》れた。

「おっと。ここからさきゃ遠慮しやしょう。旦那方も徒目付とはいえ、ご城内のお人でやすからねえ」

仙左はたたみ込むようにお勢の引きとめに応じた。お勢とのあいだでは、いつも話していることなのだ。

「ふむ」

伊右衛門も甲兵衛も下級旗本の身で、口に出さないまでも自覚はしている。座にいくらか気まずい空気がながれた。

この日の下級旗本と町場の者たちとの寄合《よりあい》は、ここでお開きとなった。風太郎と伊右衛門、甲兵衛、それに矢之市にとっては、とりあえずホッとするものを覚えていた。

このあと町場の三人が、お勢の部屋でつづきの談合をすることはなかった。

ただ、伊賀屋を出てから、

「向こうのお三方よ、こっちからも目を離さず、見守っていようや。お城の目付詰所のようすが分かるからなあ」

仙左が言ったのへ、お勢が無言でうなずいていた。

四

町場の三人は日常の暮らしに戻った。

もちろん、ただの日常ではない。

仙左は町場の広小路や武家屋敷の裏手に商売道具をならべ、トンカンと鍋《なべ》や釜《かま》の底を打ち、仕事を持って来た商家の女衆《おんなしゅう》や武家屋敷の奉公人たちに、

「お城から奢侈ご法度のお触れが出ているのに、出入りが多く繁盛している料亭もありやすねえ。あっしもあやかりてえもんで」

言った言葉に調子をつけるように木槌《きづち》を打てば、それに合わせて、

「お城のお目付衆と大店《おおだな》の旦那方、うまくやってなさるから」

言う商家の女中がおれば、

「へへん、魚心あれば水心さね。そこに目をつむりゃ、俺たちにまでおこぼれがまわってきよるからなあ」

などとうそぶく武家屋敷の中間《ちゅうげん》もいる。

いずれもそこにうしろめたさはなく、自慢話のように話す。

「へぇえ、おもしれえ世の中になったもんでやすねえ」

仙左は返し、トンカンをつづける。

お勢も呼ばれたお座敷で奢侈ご法度のお触れを話題にすれば、決まって武家のあるじも商家の旦那衆も言う。

「そんなことかい。お触れが厳格なら、芸者のおまえさんがこうした座敷に呼ばれることもなかろうよ」

と、いずれの反応にも、ご法度をないがしろにしているうしろめたさは感じられない。

そのたびにお勢は、

「ごもっともです。ありがたいことでございます」

と、改革が有名無実化していることに賛同している姿勢をとる。それで座は談笑のなかに進むのだ。

新たなうわさではないから、あらためて膝をそろえ、談合するまでもない。往還で顔を合わせることはある。立ち止まってうわさ話を交換するにも、もう詳しく話すまでもない。

だが、

「許せねえ」

仙左が言えば、

「もっともです」

お勢は返し、それですれ違う。

ふたりは感じている。お勢も仙左も、お城の目付衆と商家の旦那衆の結託に憤《いきどお》りを感じているのではない。ふたりとも世間一般とおなじように、

（奢侈ご法度？　世の中、まっくらになっちまうぜ）

と、思っている。

ふたりが憤りを感じるのは、市ケ谷八幡町の料亭桜花のあるじ梅之助が、目付の手の者に殺されたことに対してである。

矢之市もふたりから感化されたか、そこに関心を持つようになっている。しかも矢之市がかわら版屋であれば、お勢や仙左よりもさらに広い範囲からうわさを集めていた。

その矢之市が聞き及んだうわさ話は、徒目付の野間風太郎に、

「へへ、これの見返《みけえ》りは間違《まちげ》えねえでしょうなあ。あとでこれについてお上がどう動いたか、じっくり聞かせてもらいやすぜ」

と、条件付きで報告されていた。

八幡町の料亭桜花のあるじ梅之助が殺害されてから、十日ばかりを経ている。

矢之市がなにを思ったか、

「おりいって話してえことがありやす」

と、お勢と仙左に言ってきた。

矢之市も往還でお勢や仙左と出会えば、立ち話で聞き込んでいるうわさ話をちらちらと話していた。それが〝おりいって〟などと言ってきたのだ。

仙左は気になり、お勢が出ているお座敷の裏庭に顔を出し、

「なにやらいつも聞いている、お城の目付と町場の商家がつるんでいるだけの話じゃなさそうだ」

「あたしのところにも来ました。今宵《こよい》それが聞ける料亭の奉公人と会うことになっているから、などと言っていました」

お勢は返し、あしたの午前《ひるまえ》にお勢の部屋に三人で膝を交えることになった。矢之市はお勢とおなじ長屋だから、つなぎはつけやすい。

その日だ。おなじ長屋で部屋は一番手前と一番奥だから、お勢と矢之市はほぼ毎日顔を合わせている。だが刻限を決め、仙左もその時刻に来るとなれば、いつ

もと違った雰囲気になる。

三人が部屋にそろうと、おなじ長屋のおかみさんが、

「あらら、いつもの顔だけど、よく集まるねえ。なにか儲《もう》け話でもあるんなら、あたしもあやかりたいねえ」

「そんなんじゃありませんよう。みんなひまで、たまたまってとこさね」

お勢が返せばおかみさんは納得し、踏み込んだ詮索などしない。町場の長屋は顔見知りになればいつもこんな具合で、実に住みいい箇所《ところ》なのだ。芸者のお勢が町場の長屋に住みついているのも、そうした気軽さを気に入ってのことだった。

だが部屋での話は、軽いものではなかった。

座頭《ざがしら》はやはりお勢で、

「矢之市さん、昨夜帰りは暗くなってからのようでしたね。会っていたのは、きようの話と関わりのあるお人と聞きましたが」

「どうなんでえ。お城の目付と料理屋のあるじたちがつるんでるって、いつもの話じゃねえだろうなあ。市ケ谷の殺しの背景が判《わか》ったかい。辻斬りなんぞにかこ

つけやがってよ」

仙左がじれったそうにつなぎ、

「さすがは兄イ、勘がいいぜ」

矢之市が返した。

「ほっ、そうかい」

仙左の期待の声に、

「ほんとに？　矢之市さん！」

と、お勢も上体を前にかたむけた。

――市ケ谷八幡町の料亭桜花のあるじ梅之助を殺《や》ったのは目付の手の者で、梅之助が目付の袖の下の要求に応じず、逆に収賄《しゅうわい》の要求を町奉行所に訴え出ようとしたからだ
野間風太郎たちが明言こそしなかったが、秘かに周囲へ洩らしていたことだ。そこに町場の推測が加わる。お勢も仙左も、新たな探索からそれをすでに聞き込んでいた。

――ああ、桜花の梅之助旦那ですかね。あのお方、堅物《かたぶつ》でお役人に袖の下など

忍ばせるようなお人じゃなかったからねえ
——そこがお城のお役人に睨《にら》まれるところとなり、辻斬りに見せかけ、バッサリさね
そうしたうわさを、お勢も仙左も耳にし、得心していたのだ。だが、証拠になるものはない。

そこへ矢之市が、関連するうわさを詳しく聞き込んできたらしいのだ。

三人が膝を交え、お勢と仙左の期待は高まる。

矢之市は言った。

「梅之助という市ケ谷の料亭の旦那を、突発的な辻斬りに見せかけて殺したのは、お城のお目付の手の者であることに間違《まちげ》えはねえですぜ。おなじうわさを市ケ谷界隈で幾度も聞き、大店《おおだな》の番頭さんたちも声を殺して言ってやしたからねえ。お城のお役人が賄賂《まいない》に応じない町の人を葬《ほうむ》ってしまう。なんとも恐ろしく、非道《ひで》え話でさあ」

実際に矢之市も憤りを感じている口調だった。

仙左がじれったそうに、

「だからよ、おめえ、それを見た者がいるとか、それの確たる話を聞いて来たんじゃねえのかい」

「いや、そうじゃねえ。これは町場ではうわさでもなんでもなく、実際のこととして話されていらあ。したが、あっしがきょうここで話してえのは、別口だ」

「別口!?　ほかにも目付の野郎たち、殺《や》りやがったのかい!?」

「どなたを、いつ!?」

仙左につづき、お勢も驚きの声を上げた。

矢之市は言う。

「いやですぜ。お勢姐さんまで早とちりしなすったんじゃ」

「やい、矢之市。おめえの話、じれってえぜ」

仙左が怒ったように言ったのへ、矢之市は返した。

「兄イも早とちりだぜ。あっしが言いてえのは、これからさきの話なんでさあ」

「えぇえ!　これから殺しがまた起こるの!?」

またお勢が声を上げた。

これまでのような、単なるうわさ話などではなく、将来の話など確かに奇妙だ。

「どういうことでえ。分かるように話しねえ」

仙左は上体だけでなく、ひと膝まえにすり出た。

「おほん。つまりだ……」

矢之市は咳払いをし、

「料亭桜花の梅之助という旦那は、おとなりの市ケ谷八幡町のお人だが、こっちの四ツ谷伊賀町にも、梅之助旦那に似た気骨のあるお人がいなさるそうで。それも跡目を継いだばかりで、まだ若え《わけ》……」

四ツ谷伊賀町！　まさにお勢の長屋や茶店伊賀屋の町、町内ではないか。

「あっ、分かった。ここからすぐの料亭八之字屋《はちのじや》の旦那、八郎次《はちろうじ》さん！」

お勢が言ったのへ仙左も、

「おっ、八之字屋、知ってるどころじゃねえ。いまの旦那が継ぎなすったのは去年の夏だ。そのとき大工《でぇく》と一緒に玄関や奥の部屋の模様替えをやらせてもらったぜ。もちろん調度品もよ。いま八郎次旦那が奥の部屋で使いなすっている文机《ふづくえ》よ、俺が旦那の注文を聞きながら目の前でつくったのさ。去年の暮れだったか、旦那からすごく使いやすく気に入っているって声をかけてもらったぜ」

「へぇえ。仙左の兄イ、そこまで深い関わりがありやしたのかい」

　矢之市が言ったのへ仙左は、

「まあ、深い関わりといいやあそうかも知れねえが、ともかくいい仕事をさせてもらったのよ」

「だったら聞いていねえかい。八之字屋の八郎次旦那も気骨がおありなすって、お城の役人がご法度へのお目こぼしを口に、それとなく袖の下をにおわせても、はいそうですかと応じるようなお人じゃねえって」

「なんだって！　おめえ、さっき言ってたなあ。これから桜花の梅之助旦那みてえな殺しがあるかも知れねえって」

　いきり立つ仙左に矢之市は、

「そこまであからさまに言っちゃいねえ。ただ市ケ谷八幡町の殺されなすった梅之助旦那と、こっちの料亭八之字屋の八郎次旦那が似てなさる。そこで双方を知る商家のお人らが、八郎次旦那も二の舞にならねえかと、いま秘かにうわさしていなさる……と。それをここ数日のあいだ、二度も三度も、きのうの夜も耳に入れてきたところさ」

「そうかい。それで俺とお勢さんにも……と。よう知らせてくれた。世間知らずのご老中のご法度に、抜け目のねえ目付たちのことだ。新たな殺し、あってもおかしくねえ。しかもこの町内で！」

「ちょ、ちょいと待って！」

仙左が言ったのへお勢が、切羽詰まったように喙《くち》を容《い》れた。その勢いに仙左と矢之市は話を中断し、お勢を注視した。

ふたりの視線を受け、お勢は言う。

「あたし、迂闊《うかつ》でした。お店《たな》がすぐ近くだし、去年の夏、八郎次旦那が代をお継ぎになったときのご披露《ひろう》のお座敷に、あたしも出させてもらいましたさ。そのあとも八郎次旦那から二、三度、お座敷に呼ばれましてね。気さくで筋がとおって、ほれぼれするような旦那ですよ」

このように料亭八之字屋は、お勢や仙左たちには地元四ツ谷伊賀町の町内であり、当然ふたりとも以前から仕事での出入りがあり、あるじの八郎次もよく知っている。先代が去年の夏に隠居し、まだ三十歳《みそじ》に満たない八郎次が跡を継いだ。

お勢も仙左も、

「――八郎次さんは生真面目《きまじめ》で手堅い商いをしなさるから安心だが、水商売ではちょいと堅物が過ぎるのではないか」

などといった巷《ちまた》のうわさを聞いたことがある。

お勢と仙左は、

「――それって、いいうわさですよね」

「――そのほうが奉公人のお人らも、安心して働けるってもんだぜ」

と、話し合ったことがある。

矢之市は返した。

「仙左の兄イもお勢姐さんも、それだけ八郎次旦那と接触がありながら、市ケ谷八幡町の梅之助旦那が殺されたと聞いたとき、気にはなりやせんでしたかい。梅之助旦那と八郎次旦那、よく似ていなすって、それでいま秘かにうわさになっているのでさ。そこへもって、幕府の目付で幅を利《き》かせているのが、元水野家の横目付で石川儀兵衛とあっては……」

「だからあたし、迂闊《うかつ》でしたと言ったのさ。あまりにも近くで、それにまじめで普段は目立たぬお人だから、ついお目付との揉《も》め事などと物騒なことに、お顔が浮かんでこなかったのですよう」

　お勢が言えば仙左も、

「そう、俺もその口だ。殺しなどの大事《おおごと》にゃ名も顔も浮かばねえお人さ、四ツ谷伊賀町の八郎次旦那は。しかもご町内のおとなりさんときたもんだ。けえって心配の種にゃならなかったのさ。しかしよ、思えば危ねえ、危ねえぜ」

「ほんと、危ないです。矢之市さん！」

「へえ」

「梅之助旦那と八郎次旦那が似ているっていうだけじゃのうて、目付のお役人と八郎次旦那がすでに接触があって、なにやら不穏な空気が……といったうわさがながれているとか？」

「それよ。それを俺も聞きてえ。やい矢之市、話せ！」

　仙左も昂《たかぶ》った口調で問いを矢之市にぶつけた。

　お勢は矢之市の表情を喰い入るように見ている。

　この雰囲気に、応える矢之市の口調が、間延《まの》びしているように聞こえる。

「つまりさ、あっしが耳にしたのは、ただお城の目付衆が町場でうごめいているとき、市ケ谷八幡町の旦那と四ツ谷伊賀町の旦那が似ていなさるから……と、そんなうわさだけでさあ」

「似ていなさるから……。で、どうだってんだ」

矢之市へ詰め寄るように言う仙左にお勢が、

「仙左さん、仙さん。それを矢之市さんに問い詰めるなんか、お門違《かどちが》いですよう。肝心なのは、これからこの町、四ツ谷伊賀町の八郎次旦那の身辺に、気を配っておかねばならないということでしょう」

「そう、それであっしゃあ、早う報《しら》せなきゃと思い、きのうお勢さんと兄イに声をかけたんでさあ」

仙左は落ち着きを取り戻し、

「ふむ、そうだったか。これまで近すぎてけえって目に入《へえ》らなかったが、これからはそんなこと言っちゃおれねえ。近いからいっそう注意を払わなきゃなあ。やい、矢之市。おめえもだ。ともかくこたびはありがとうよ」

落ち着きを取り戻したこの場にお勢が、

「すでに殺しがあったことだし。このこと、風太郎の旦那方のお耳にも入れておいたほうがいいのでは」

　言ったところへ、

「おっ、やっぱりここでしたかい」

と、お勢の部屋の三和土《たたき》に飛び込むなり、部屋に上がっている矢之市に声を投げた若い男がいた。かわら版屋にあこがれ、ことあるごとに町場のうわさをあさっては矢之市のもとに走っている商家のせがれだ。親泣かせだが、矢之市はけっこう重宝している。

「あらら、いつもの人。きょうはまたなにかえ？」

　お勢が言ったのへ、

「へえ、矢之市の兄イにちょいと」

「なんでえ、そこで言ってみねえ。お勢さんと仙左の兄イならかまわねえ。みんな身内みてえなもんだからなあ」

「そんなら」

　三和土に立ったまま言う若い男に、お勢も仙左も関心を持ち、次の言葉を待つように顔を見つめた。

「いましがた、いましがたでさあ。八之字屋の八郎次旦那が斬られやした！」

「なんだって⁉」

「ううう！」

「詳しく話せ。この場で遠慮はいらねえ」

衝撃の報告に最初に声を上げたのは仙左で、さらにお勢が驚きのうめき声を洩らし、さすがに矢之市は、男の兄貴分として次の言葉をうながした。

男の話によれば、きょう陽《ひ》が中天にかなり近づいたころ、矢之市と仙左の顔がお勢の部屋にそろったころになろうか。外堀の市ケ谷御門を町場に出たところで、料亭八之字屋のあるじ八郎次が武家の主従に無礼討ちにされ、即死したというのだ。しかも殺した武士は、目付の石川儀兵衛の用人《ようにん》だというではないか。

現場の近くに、石川儀兵衛は居合わせたらしい。

ということは、

——石川儀兵衛が、八之字屋八郎次を殺した
お勢と仙左の胸中に走った。料亭桜花のあるじ梅之助のときと、

(似てる！)

同時に思った。

矢之市配下の若い男がもたらしたのはそこまでだった。男は事件を聞くなり現場に走り、殺した瞬間は見ていないが、その直後の緊張したようすは見たという。石川儀兵衛と八之字屋八郎次の名も、まだ現場にたむろしていた者から聞いたらしい。そこに間違いはないだろう。

矢之市とお勢と仙左の三人は、忙《せわ》しなく顔を見合わせた。

五

互いに顔を見合わせたのは、瞬時だった。つぎには同時に腰を上げていた。

「行こう」

誰かが言った。誰でもいい。それが三人の共通した意志だった。いま行けば、まだ殺害現場を見た者からようすを聞けるだろう。そこで聞いた現場のようすは、新たな探索を入れるときの参考になるかも知れない。

「あああ」

と、報せに来た矢之市の手の者が驚くほど、三人の所作は早く腰を上げるともうおもてに飛び出ていた。お勢は早くも裾《すそ》を乱している。四ツ谷伊賀町から現場の市ケ谷御門外はすぐ近くだ。すこしくらいの乱れなら許されようか。

桜花のあるじ梅之助が殺された市ケ谷左内坂は、市ケ谷御門を出てすぐの所だという。奇《く》しくも十日ばかりをおいて二件の殺しがつづいたことになる。しかも背景を同じくした殺しと思われる。

お勢は矢之市と仙左に急《せ》かされ、

「これでも急いでおりますよう」

と、さらに裾を乱した。

走ってはいない。町中《まちなか》で走れば目立ち、それだけで騒ぎになる。早足《はやあし》だ。お勢にしては小走りだ。

四ツ谷御門から市ケ谷御門まで、距離にすれば五丁（およそ五百米《メートル》）ほどか。それでも急ぎ足に小走りの三人には、遠く感じられた。

息せき切って現場に入れば、すぐに周囲の雰囲気に溶け込むことができた。そこにはまだ立ちどまっている町衆がいて、緊迫した雰囲気をとどめていたのだ。

新たに立ちどまった者が、現場を見ていた者にその瞬間を訊くなど、一帯はなおも殺しの緊張をただよわせている。こたびの殺しは、それほどに周囲の目と関心を惹《ひ》きつけているのだ。

土地《ところ》の飲食も物売りも店場の多くは、お勢たちの顔見知りだ。あるじや奉公人のほとんどが現場を見ていた。それらの多くが、駈けつけた役人が死体を片づけてからも、いましがた殺しがあったような緊張に包まれている。

そうした住人たちは、目の当《ま》たりにした光景を、誰かに話したいのだ。料亭桜花の梅之助の例もあり、目撃者らはそこに関連づけて話す。聞く側も、新たな殺しの背景に目付の存在を想像する。

それら町衆からお勢たちは、八郎次が〝無礼討ち〟に遭った一部始終を聞くことができた。もちろん語るほうには大げさな表現もあったが、お勢たちはそれらをうまくまとめながら聞き取った。その聞き取りとまとめかたは、現場をうまく再現していた。

四ツ谷伊賀町の八之字屋八郎次は、市ケ谷御門近くの同業とご法度への対処を話し合うべく手代《てだい》を連れて出向き、市ケ谷御門前にさしかかった。そのとき不幸にもというべきか、所用で市ケ谷御門内に出向いていたか、御門から二本差の用人ふたりを供に連れた石川儀兵衛が出て来たのだった。

外堀の市ケ谷御門や四ツ谷御門は、入れば城内とはいえ内堀までのあいだに武家屋敷ばかりでなく、商人が中心の商いの場も広がっている。だから外堀の四ツ谷御門や市ケ谷御門などは、造《つく》りは江戸城の城門として厳《いか》めしいが、町場のように人の往来が絶えなかった。そこが実際の町場と異なるのは、往来人に武家や武家屋敷の奉公人が多いことだった。

(天下の往来とはいえ、こんなところで会いとうない)

八之字屋八郎次は思い、手代をうながし石川家主従を避けようとした。

だが、石川儀兵衛も御門のすぐ先を行く八郎次に気づいた。

これまで石川儀兵衛と八之字屋八郎次は幾度か会っている。八郎次が石川儀兵衛に呼ばれ、石川屋敷に出向いていたのだ。

用件は一つだった。

「——奢侈ご法度の時世ではあるが、おまえたちの商《あきな》いが以前どおりできるよう計らってやってもいいぞ」

と、持ちかけていたのだ。

それを奇貨《きか》としない料亭はまずない。多くのあるじたちは、さっそく石川家の用人とその話に入る。

また、そんな手順を踏む料亭のあるじは少数だった。多くは目付が料亭に上がり軽く食事をすれば、その場で話はまとまっていた。わざわざ屋敷に呼ばれるのは、よほど大きな料亭か、あるいは話に応じないあるじがいた場合である。八之字屋八郎次がそれであり、さきに殺された桜花の梅之助もまたそうだった。すなわち話に応じず、石川家の用人が手を焼いていたのだ。

八郎次は石川屋敷の門をくぐるたびに、

「――性《しょう》に合いませぬ。あまり誘いなさると、ご老中の水野忠邦さまに直訴《じきそ》いたしますぞ」

とまで言っていた。これほど幕府の目付たる石川儀兵衛の自尊心を傷つける言葉はない。そのやりとりが、まだつづいているのだ。

そうしたときに、双方が市ケ谷御門で出会った。町人姿の八郎次が避けようとするのは当然だろう。

「これは四ツ谷の八之字屋ではないか。待たれよ」

声をかけたのは石川家の用人だった。もちろん八之字屋八郎次を呼びとめるのだから、あるじに言われてのことだ。

八郎次は立ちどまった。

声をかけた用人が足早に近づいて来て言う。

「わがあるじが近くで一献所望《いっこんしょもう》じゃ。来られよ」

もちろん八郎次は、

「かようなところで、とのさまのお手数をわずらわせるのは、意に沿《そ》いませぬ」

と、鄭重《ていちょう》に断る。

用人は承知しない。単なるやりとりではない。町場で武士と町人の押し問答になった。天下の往来で、武家と町人の押し問答などあるものではない。往来人のなかには立ちどまる者もいて、野次馬が出始める。

石川儀兵衛はもうひとりの二本差の用人とともに、いくらか離れたところに立っている。この町の住人ではなく、断片的にしか見ていない往来人からは、その存在はいま眼前の武士と町人とのやりとりとは無関係のように見えるだろう。

八郎次はあくまで断る算段であり、用人はあるじの差配であり、二本差にかけても手ぶらで引き返すわけにはいかない。やりとりはしだいに激しくなり、野次馬の数も増える。

石川儀兵衛には殺しの前例があるはずだ。直接手を下したのは、この用人たちかも知れない。

二本差の用人と商人である八之字屋八郎次のやりとりは、双方とも徐々に声を荒らげながらつづく。八郎次もなかなか頑固だ。談合に決して応じぬと決めているようだ。八之字屋の手代は居場所を失い、ただ戸惑っている。

もうひとりの用人が石川儀兵衛になにやら言われ、やりとりの場へ急ぎ足で近づいた。

「やあやあ、なにを揉めておいでかな。そこの町人、いささかうるさそうなやつじゃのう」

と、大きな声で顔見知りのように言う。にわか野次馬には町人と二本差のやりとりに、もうひとりの二本差が加わったように見えただろう。

八之字屋八郎次は負けていない。ふたりの二本差を相手にしても、

「ご勘弁くださいまし。私どもにも所用がございますれば」

と、いよいよ応じない。

あらかじめ算段していたかどうかは判らない。新たに加わった二本差があきれたように、

「こやつ、いったいいかような料簡《りょうけん》か」

と、八之字屋八郎次の胸を突くように押した。

「なにをなさいます！」

八郎次はその手を払いのけた。

押した二本差は逆に八郎次の手を大げさな所作で払い、うしろに一歩退《ひ》き、

「やや っ、無礼者！　町人の分際で武士に手を上げるかっ」

この用人、かなり使い手のようだ。

一歩退いたその場で腰を落とし、刀に手をかけ、

「無礼者！　無礼討ちにしてくれるっ」

踏み込んだ。

「おおぉぉぉ」

周囲に声が上がる。

女の悲鳴も聞こえた。

用人はすでに抜き身の刀を手にしていた。

武家屋敷用人であっても二本差である以上、武士の町人に対する無礼討ちは成り立つ。

「ひぃーっ」

悲鳴は居場所を失っていた手代だった。

不意討ちに遭った八郎次は悲鳴すら上げられず、

「うぐっ」

声にならない声とともに大きく裂かれた胸から血潮を噴き、地に斃《たお》れ込んだ。

動かない。胸を深く裂かれた衝撃から、即死したようだ。

「辻斬りだあっ」

「いや、無礼討ちと聞こえたぞ!!」

その場は騒然とし、町の住人が役人を呼んだ。

石川家の用人たちは駆けつけた役人に応対し、身分を明かし無礼討ちであることを告げた。役人は状況を住人よりも間近で見ていた野次馬たちから聴取し、無礼討ちであることを得心した。

石川儀兵衛はとっくにその場を離れ、事件とは無関係となっている。

お勢の部屋にいた矢之市に、八之字屋八郎次がいましがた斬殺されたと報《しら》せた者が現場に駆けつけたのは、死体が近くの自身番に運ばれ、事件が一段落ついてからだった。それでも地面の血のりはまだ乾いておらず、興奮と生々しさが残っているときだった。

矢之市と仙左、お勢が駆けつけたのはそのあととはいえ、血のりは地面に染み、現場を見た野次馬たちも他人《ひと》に話したくてまだ幾人かが残り、興奮も緊張もまだそのままだった。

「うひょーっ」

その雰囲気に矢之市は声を上げ、さっそく野次馬にも町の住人にも聞き込みを入れた。

仙左も、

（なるほど、問いかけたあそうするのかい）

と、矢之市に倣《なら》い、状況を詳しく把握した。

お勢も現場の商家の者にようすを聞いた。聞き込みなど芸者のお勢には初めての経験だった。それをのちほどお座敷に上がったときなどに話題にし、武家や商家の旦那衆からさらに新たなうわさを聞き出すのに大いに役立った。

この日、三人は緊張のなかに現場での聞き込みを終え、緊張の冷めやらぬまま、ふたたびお勢の長屋に顔をそろえた。三人が最も集まりやすい場だから、話があればついそうなる。

長屋のかみさんがまた、

「おやおや。仙左さんだけじゃのうて、矢之市さんまでお勢さんの弟になりなすった？」

「まあ、そんなところでしょうかねえ」

と、お勢は笑って返していた。

部屋に上がると、やはりお勢が座頭《ざがしら》で最初に口を開いた。

「そのときのようすじゃ、町奉行所は単なる無礼討ちとして処理したようですねえ」

「そりゃあ目付の石川儀兵衛が、そう仕組んだからじゃねえかい」

仙左が言ったのへ矢之市も、

「まったく石川一派というか一味というか、さすがにやることが巧《たく》みじゃねえですかい」

と、にわか目付石川儀兵衛の用人たちの巧みさを褒《ほ》めた。

端《はな》から八之字屋八郎次を殺害させたのは、目付の石川儀兵衛と確信している三人には、用人たちがいかに巧妙に動こうが通用しない。だが三人とも、その用人たちの巧みさは認《みと》めている。

仙左は言った。

「石川儀兵衛は幕府の目付で、その屋敷の家来の働きなら、徒目付みてえなもんだろ。本物の徒目付の野間風太郎さまたちにゃ申しわけねえが、まったくうまく動きやがったぜ」

「その徒目付まがいの用人たちの動きさ、本物の風太郎さまたちにゃ、いつ話しやすので？　なんなら今から行きやすかい。伊賀屋の茶店はすぐそこですぜ」

矢之市が言った。

お勢と仙左の表情が瞬時、緊張の色を刷《は》いた。

跡目を継いで一年を越す八之字屋八郎次が殺されたと知った瞬間から、お勢と仙左の胸中には強く蠢《うごめ》く感情《もの》があった。

もちろん料亭桜花の梅之助が殺されたときも、

(――目付がまいないを断った商人を?)

と、強い憤りを覚え、

(――元凶の石川儀兵衛、許せぬ!)

と、身を震わせた。

このとき、お勢と仙左を圧《お》しとどめたのには、現役徒目付の野間風太郎と隠居の伊賀屋伊右衛門、甲州屋甲兵衛たちの、たしなめるような抑《おさ》え込みがあったことは確かだ。

それよりも、桜花が近くの市ケ谷八幡町の料亭とはいえ、それはとなり町で、お勢も仙左も直接知っていたわけではなかったことが、

(――いま、しばし)

と、感情よりも理性を優先させた理由だった。

だが、八之字屋は町内の料亭だ。お勢も仙左も仕事で出入りがあるばかりか、あるじの八郎次とも直接話したことがある。堅物といわれるほどの者だが、直接口をきけば気さくで好感の持てる人物だった。

その八之字屋八郎次が、注意の目を向けなければと思った矢先に、桜花の梅之助とおなじように殺された。

身近な人が殺されたのだ。しかも、理不尽に……。そこに受けた衝撃は、お勢も仙左も口ではあらわせなかった。

二人の胸中に、桜花の梅之助のときのように、踏み出そうとする足を圧《お》しとどめるものはなにもなかった。

仙左とお勢がそれを胸中に秘めたところへ、また矢之市が風太郎たちにいつ話すかを訊いたのだ。この決意を、風太郎たちに知られるわけにはいかない。矢之市の風太郎たちにいつ話すのかの問いは、鋭利な刃物で仙左とお勢の心ノ臓をつくようなものだった。

ふたりの表情の変化を、矢之市は感じ取った。

「い、いや。いまおもての茶店伊賀屋に声をかけようってんじゃねえんで。ただ、いつ話しゃいいかと思うただけで……へえ」

「やい、矢之市」

「へ、へえ」

仙左の強い口調に矢之市は恐縮したように返し、仙左は言葉をつづけた。

「誰が風太郎の旦那に話すと言ったよ。隠居のおふたりさんにもだ」

かたわらでお勢がうなずいている。おなじ思いなのだ。

「そ、そりゃあそうでやしょうが、ただこのあと、どうするか……と」

矢之市はしどろもどろに返した。仙左とお勢の、秘めた思いに圧倒されたようすだった。

――このあと、どうするか……？

仙左は言ったが、自問の口調になり、視線をお勢に向けた。

お勢もその視線を受け、仙左を凝視する。

沈黙の一瞬が過ぎた。

ふたりは目で語り合ったのだ。

矢之市はそこに気づき、心配げに二人を見つめた。

お勢と仙左はいま、まったくおなじ思いになっている。

（石川儀兵衛、制裁あるのみ）

（そう。お城のお目付衆に任せておくことはできない）

ならば、

（方途はひとつ。自分たちの手で）

すでに経験はある。

ふたりのいずれかがそれを口にすれば、コトはそこから動き出す。しかしそれには、精神的にも準備の期間が必要だ。だからふたりは、目と目で確認し合っても、まだ言葉には出せないのだ。それは実の姉弟《きょうだい》なればこそ、感じとるためらいの念かも知れない。それによって、自分たちを律しているのだ。

居場所を失った矢之市が口を開いた。

「どうするって、どうしなさるんで……？」

矢之市の最も気になるところだ。

「やい、矢之市」

仙左がお勢から視線をはずして言った。

「へえ」

「おめえ、このこと風太郎の旦那らに喋《しゃべ》りやがったら承知しねえぞ」

ふたりの心境は現実に戻っている。矢之市が返事をするより早く、お勢がいつものうなずきだけでなく、

「そのとおりですよ、矢之市さん」

「へ、へえ」

矢之市は返した。

六

この日この時、口止めの対象にされた徒目付の野間風太郎は、お勢の部屋の声がとどきそうな、茶店伊賀屋の奥の一室に来ていた。あるじの伊賀屋伊右衛門がおれば、当然口入屋の甲州屋甲兵衛の顔もそこにある。

もちろん石川儀兵衛の探索を矢之市らに示唆したことも話題になったが、三人

のこの日の話題はそれではなかった。

口入屋の甲州屋甲兵衛が、

「成果がありましたぞ」

と、現役の徒目付野間風太郎と隠居仲間の伊賀屋伊右衛門に声をかけ、きょうの寄合《よりあい》となったのだ。

甲兵衛は言った。

「水野家の横目付から、いまは幕府のお目付さまのあの御仁《ごじん》よ」

「ああ、石川儀兵衛なあ。二十年以上もまえの、水野家の横目付だったときの忠邦公の下知をいまなお奉じている……」

伊右衛門は返した。

二十四年まえ、水野家の江戸筆頭家老二本松義廉《にほんまつよしかど》が、水野忠邦を諌《いさ》め切腹した、あのときの話だ。忠邦は義廉の直系親族を根絶やしにしろと藩の横目付に命じた。拝命した横目付が石川儀兵衛だった。

儀兵衛は幕府の目付となった現在《いま》も、そのときの忠邦の下知を奉じている。忠邦が根絶やしにしろと下知した義廉の直系親族が、いまのお勢と仙左だ。

つい最近までお勢と仙左はそのことを知らず、それを調べ上げたのが、徒目付の野間風太郎だった。ふたりはそれを知って仰天し、二本松義廉の血を引いた身であれば、以前から人一倍身に宿していた、町人に対する武士の理不尽を憎む思いをいっそう強くした。ふたりのそのようすを、野間風太郎も伊賀屋伊右衛門も甲州屋甲兵衛も、

「――血筋であれば、さもありなんか」

と、得心している。だからである。風太郎、伊右衛門、甲兵衛の三人は、仙左とお勢から目が離せないのだ。

水野家の横目付のまま探索をつづけていた石川儀兵衛が、

(芸者で長屋住まいの風変わりなお勢とやら、あのとき見失った直系の娘ではないか)

と、気にとめるところとなった。

野間風太郎は旗本でありながら、いまは老中の水野忠邦に逆らう思いを強くし、お勢と仙左を護《まも》ってやろうと心中に決めた。それを隠居の伊右衛門と甲兵衛に相談し、水野家横目付の目をくらますことにしたのだ。

　水野家横目付であった石川儀兵衛がお勢に目をつけたとき、仙左もお勢とおなじ伊賀町の長屋の住人だった。石川儀兵衛がそこに気づけば、ふたりの年齢から得心するものがあり、その来《こ》し方《かた》を徹底して調べるだろう。現在《いま》は幕府の目付である。調べられないことはない。

　結果どうなる。儀兵衛は長年の探索の甲斐があったと小躍《こおど》りし、さっそく忠邦下命の実行に移るだろう。

　上役である目付たちに反感を覚えていても、

（江戸の町場で勝手なことはさせぬ）

　旗本支配で町場に走る徒目付たる者の信念である。その思いを、隠居の伊右衛門と甲兵衛も共有している。

　その思いがまた、お勢と仙左を石川儀兵衛の手から護ろうとの発想に直結しているのだ。

　石川儀兵衛がお勢のいる伊賀町の長屋に気を配り始めてから、いままで近くにいた若い男が不意にいなくなったのでは不自然で、かえって石川儀兵衛の気を惹《ひ》くことになる。そこで口入屋の甲州屋甲兵衛が一計を案じ、お勢をそのままに仙左を近くの伝馬町の長屋に移し、空き部屋になったそこへ、仙左と年格好の似たかわら版屋の矢之市を入れたのだ。

間一髪の処置だった。もちろんお勢と仙左に事情《わけ》を話したうえでの処置だ。だが矢之市には話していない。ただ、矢之市がかわら版屋であれば、江戸城に近い四ツ谷御門外の長屋に住めることをよろこんだ。以前は内藤新宿に近い大木戸のあたりに住んでいたのだ。

案の定というべきか、石川儀兵衛の手の者は、お勢を張るうちに矢之市の存在に気づき、儀兵衛に報告した。儀兵衛は色めき立ち、矢之市の来し方を調べ始めた。根っからの遊び人で、仕事も浮草のようなかわら版屋であれば、いかにさかのぼっても水野家江戸家老とつながるものはなにも出てこなかった。

石川儀兵衛が矢之市への探索を中止したことを、甲州屋甲兵衛は気づいた。儀兵衛の手の者が長屋周辺でかわら版屋の矢之市について、聞き込みをまったくしなくなったのだ。

「そういうわけでなあ、どうやら石川儀兵衛に仙左の存在を知られずにすんだようなのじゃ。まずはその報告をと思うてな」

と、口入屋の甲州屋甲兵衛は語り終えた。

茶店の伊賀屋伊右衛門が言った。

「さすがは甲兵衛どの。短時間でようそこまで事態を掌握しなすった。ひと安心というところじゃが、それを保つにゃ、仙左にあまりお勢を訪ねぬよう言うておかねばのう。せっかくお勢と引き離しても、いつも訪ねていては、結局は石川儀兵衛の配下の目にとまろうよ」

いまこのときもお勢の部屋で矢之市たち三人が寄り合っていることに、徒目付衆の三人は気づいていない。気づけば野間風太郎がちょうどよいとばかりにお勢たちを茶店伊賀屋に呼び、いつもの六人の寄合が始まっていただろう。そうなれば茶店で八之字屋八郎次の死が話され、寄合は思わぬ展開を見せることになっていたことだろう。

だが双方とも、すぐ近くに顔をそろえていることに気づかず、それぞれ三人ずつの膝詰《ひざづめ》をつづけていた。

茶店伊賀屋では野間風太郎が、

「それは私から仙左にもお勢にも言っておきましょう。会うのはいっこうにかまわぬが、他所《よそ》で会えと」

　さらに、

「甲兵衛さまがわざわざきょうのこの場を設けなすったのは、これまでの話だけじゃのうて、これからのこともおありと思いますが。さあ、いかに」

　と、甲州屋甲兵衛だけでなく、伊賀屋伊右衛門にも視線を向けた。

「むろんじゃ。むしろそのほうが大事でのう」

　と、甲兵衛は応じ、

「結局石川儀兵衛は、あらためてお勢に目をつけるようになったが、まだお勢についいて、二本松家の姫との確証は得ていないようじゃ。だから探索を強化するため、配下の者をこの近辺に住まわせようとしているのじゃろ。すでに話してのとおり、それへの合力を依頼してきたが、これにわしらは取り合わぬほうが得策かと思うてのう」

　十数日まえのことである。町人姿の甲州屋甲兵衛は、身分を明らかにしない武士の石川儀兵衛と会っている。

「ふむ。石川どのはいまなおわしらを、まったくの町内の者と見なし、配下の者を住まわせる部屋の斡旋《あっせん》を依頼してきたのじゃったなあ」

「まったくあの御仁、水野家の熟練の横目付から、いまは幕府のお目付になってござる。そこに合力して配下の者をこの町に住まわせりゃ、わしらはその者を常に監視しておかねばならなくなる。向こうは海千山千の御仁であれば、その配下もそれなりの人物であろう。その者をわしらが監視下に置けば、かえってそこに疑念を持たれることになろう……と」

「ふむ」

伊賀屋伊兵衛は得心したようにうなずき、

「それが石川儀兵衛に伝わり、いまは幕府目付の儀兵衛が、わしらにまで疑いの目を向けるようになるやも知れぬ……と」

「分かりました」

野間風太郎が言った。

風太郎は隠居ふたりの視線を受け、あとをつづけた。

「つまるところ、四ツ谷一円の平穏を保つため、石川儀兵衛やその配下への合力などおこなわず、邪魔立てもせず、無関心を装《よそお》うのが一番とおっしゃるのでございますね」

「さよう。わしが言いたいのはそこじゃ」

口入屋の甲州屋甲兵衛は返し、

「まったく石川儀兵衛なる人物、幕府の目付に出世しながらも、水野家の横目付であったころの忠邦公からの下命を、いまだに奉じておる。それを忠邦公への忠義と思うておるようじゃ」

野間風太郎が、甲州屋甲兵衛のあとをつなぐように言った。

「そこまで思いながら、幕府の目付としては、忠邦公の奢侈ご法度を逆手に取り、わいろをほしいままにしてござりまする。まったくあの仁は、並みの尺度では測れぬ人物でござりまする」

「そこじゃよ、そこ」

甲州屋甲兵衛は風太郎の言葉を受け、話をつづけた。

「石川儀兵衛がさように解らぬ人物であれば、やっこさんが配下を使嗾《しそう》していまなお二本松家直系の探索をしていることには係り合わず、幕府目付の身分を利用してわいろをほしいままにしていることにも、しばし目をつむる……」

「できますか」

風太郎は問う。

口入屋の甲兵衛は応じる。

「できぬ」

二本松家直系の探索も、非道《ひど》い収賄も、いま進行中なのだ。

茶店あるじの伊賀屋伊右衛門が、穏やかな口調で言った。

「甲兵衛どのが言わんとしておいでのこと、分かりますぞ」

「いかように」

風太郎の問いに、伊右衛門はつづけた。

「二本松家直系の探索も、非道いわいろの受取りも、石川儀兵衛どのがやっていること。われらはそのどちらからも無関心になることはできぬ」

「さよう」

甲兵衛が言う。

矛盾《むじゅん》しているようだが、矛盾していない。

伊右衛門はつづける。

「暫時《ざんじ》、ようすを見る……。それであろう」

「えっ。石川儀兵衛から探索されているお勢と仙左が、いま石川儀兵衛を探索しているのですよ。どうなりますか」

風太郎が言ったのへ、伊右衛門は応えた。

「分からん。だから暫時、ようすを見るだけにすべき……と、甲兵衛どのは言っておいでなのじゃ」

「そういうことになるかのう」

甲兵衛は曖昧《あいまい》に応えた。

三人の脳裡《のうり》には、おなじ思いがながれている。

(それ以外に、いまわれらにできることはない)

口には出せないが、それである。

隠居はそれでいいかも知れない。しかし、野間風太郎は現役である。

隠居ふたりへ交互に視線を向け、

「暫時、ようすを見る……?　その〝暫時〟とは、どのくらいでありましょうか」

「分からん」

「つまり、いまは幕府目付の石川儀兵衛さま次第ということになろうかのう」

甲兵衛が応え、伊右衛門があとをつないだ。

儀兵衛が老中の水野忠邦の引き立てで陣取る目付は、幕府組織の徒目付である野間風太郎たちの、直属の上役なのだ。手が出せない。

このとき、風太郎の脳裡に走るものがあった。

(伊右衛門さまと甲兵衛さまには内緒で、仙左とお勢をけしかけるのも、世なおしのため一考すべきかも知れぬ。すでに矢之市を含め、お目付周辺の探索を依頼し、成果を収めておるのじゃ)

それを意識すれば、にわかに野間風太郎の表情は緊張に引き締まった。

茶店伊賀屋での談合が終わったとき、お勢の部屋での膝詰はとっくに終わっており、仙左も矢之市もそれぞれの部屋に引き揚げていた。

三　失敗の故に

一

水無月《みなづき》（六月）なかば、すでに夏は後半に入っている。

しかし、まだまだ暑い。

徒目付《かちめつけ》の野間颪太郎は町場に出て、額《ひたい》の汗を手拭《てぬぐ》いでぬぐった。

仙左たちがお勢の部屋で膝《ひざ》を寄せ合い、颪太郎たち新旧の徒目付衆が茶店伊賀屋の奥に談合した日の翌日である。

伊賀町の武家地の角から、仙左の打つトンカンの音が聞こえてくる。午《ひる》にはまだ間のある時分で、颪太郎はこの音が耳に入ったから、ふらりとした雰囲気だが意識して町場に出たのだ。

きのう伊右衛門らと話しているとき、

（仙左とお勢を……）

と、秘《ひそ》かに思った。

それの具体化が脳裡《のうり》にある。

お勢がきょう、どの座敷に出ているか聞いていない。それにまた、そう毎日お座敷があるわけではない。仙左なら鋳掛《いかけ》の音でその所在が分かる。いま聞こえるトンカンに、風太郎は足を向けている。

音が一段と大きくなる。

仙左の姿が見え、

「ほっ」

風太郎は声に出した。武家屋敷の中でなく、角の空き地だった。鍋を持って来たいずれかの屋敷の女中か、ふたりほど座り込んで鋳掛の仕事を見物している。

「おう、ここだったか」

風太郎は歩を進めながら声をかけた。

「おっ、旦那。きょうは外の見廻りですかい、岡っ引も連れねえで」

仙左は鍋の底を打ちつづけながら顔を上げた。熱した鉛を打ち込んでいる。途中で手をとめるわけにはいかない。

「見廻りってほどのことじゃねえ。おめえにちょいと話があってなあ」

言いながら風太郎は仙左の前に腰を落とし、

「おっと」

ふところから落ちそうになった十手を手で押さえた。

「あら、お奉行所のお役人さん？」

女中の一人が言い、風太郎はわざと、

「ああ、奉行所の見廻りだ。こいつにちょいと用があってなあ」

と、女中たちに視線を向け、鍋を打っている仙左をあごでしゃくった。

武家屋敷の女中のようだが、奉行所の役人が横に座り込んだとあっては落ち着かないのか、

「あら、そう」

「ならばあたしたち」

と、そろって腰を上げ、

「それじゃ鋳掛屋さん、お願いね」

「あとでまた来ますから」

言うとその場を離れた。

代《か》わって座り込んだ野間風太郎に、

「なにもあの人たちを追い立てるようなことを言わんでも」

仙左は金槌《かなづち》の手をとめないまま言う。

「あはは、すまんすまん。ホントにちょいと、おめえに話があってなあ」

「えっ、さっき見廻りって言ったのは、あっしの見廻りですかい。そんで、話ってのは？　悪徳のお目付が、また殺《や》りやしたかい」

トンカンの音のあいまに話すのだから、言うほうも返すほうも声が自然大きくなる。だが武家地で往来人はおらず、安心して大きな声で話せる。かりに往来人が近くに歩を踏み、断片的に〝見廻り〟だの〝やりやした〟などの語句が耳に入っても、何のことか分からないだろう。

それでも風太郎はしゃがみ込んだまま上体を前にかたむけ、出来るだけ声を落として言う。

「おめえたちも、お目付が気に喰わねえ商家のあるじを、実際にあった辻斬りに見せかけ、抹殺したことに気づいているだろうなあ」

——カンカンカン
仙左は小刻《こきざ》みに金槌を打ってひと息入れ、

「そりゃあ、まあ。徒目付の旦那衆もあっしらとおんなじで、下っ端の役人とはいえ、おもしろくは思っちゃいねえでやしょうなあ」

「下っ端は余計だ。まあ、上役のお目付にくらべりゃ、確かに徒目付の俺たちゃ下っ端だ」

——カーンカン
仙左は打った金槌を木槌に持ちかえた。これで音は低くなり、話しやすくなる。

風太郎は前にかたむけていた上体をもとに戻した。

仙左は小刻みに木槌の低い音を立てながら、

「あはは。旦那のその正直なところ、好きですぜ」

「こきやがれ」

――カンカンカン

低くなった音に風太郎は声を乗せた。

「その下っ端だの上役だのと関連するが、おめえ、徒目付のわしらに上役の目付の所行を実際にひとつひとつ洗い出せると思うかい」

「できねえでござんしょう。あっしにゃできやすが、お勢さんならもっと奥の話を、矢之市なら広い範囲から集めて来やしょうよ」

「そのとおりだ。伊右衛門さまも甲兵衛さまもご隠居とはいえ、茶店や口入屋をなすっておいでなのは、探索への御用達《ごようたし》で、お気持ちは現役のころとちっとも変わっておいでじゃねえ」

――カンカン

音はさらに低くなった。

風太郎は声を落としたままつづける。

「おめえたちのことだ。お目付衆、とくに石川儀兵衛さまの実際の所行を、さらにつかむことだろう」

「へん、もうつかんでまさあ。ま、うわさに聞いただけでやすがね」

「ふむ」

風太郎はうなずき、

「これは俺の口からは言いにくいことだが、それによって石川儀兵衛さまたちを糾弾できると思うか」

「なにをおっしゃっておいでで？」

鋳掛の作業が一段落ついたか、仙左は木槌を持った手をしばしとめ、

「慎重に……、時間をかけて……なんていうのが、隠居の伊右衛門さまたちの考えじゃございせんかい。そんなんじゃ、あっしらがどのように証拠を集めようと、なにもかも色あせちまいまさあよ。石川儀兵衛とかぬかす悪目付たちの、やったもん勝ちになってしまいやしょうかい」

「ふむむ」

野間風太郎はすでに感じていたが、仙左が自分とおなじ思いであることをあらためて確認し、

「おまえがそう思ってるなら、お勢や矢之市もおなじであろうなあ。この事態をなんとかしなきゃならねえ……と」

「あたりめえでさあ。忠邦さまのご改革にお味方しているわけじゃありやせんが、世のため人のため、石川儀兵衛みてえなワルをやっつけるにゃ、言っちゃあなんですがお徒目付の旦那衆にゃできめえ。そこに気づいてるあっしらが秘かにやる以外《いげえ》、ねえんじゃねえか……、と」

ここまで言って仙左は、

「あっ」

と、口を押さえ、すぐにまた、

「旦那方、その石川儀兵衛があっしらの手に負える人物じゃねえようなことを言って、あっしらを抑《おさ》えようとしていなさるねえ」

「あ、ああ」

風太郎は遠慮気味に返した。

仙左は新たな鋳掛の仕事に手を出さず、

「こたび殺されなすった八之字屋の八郎次旦那、あっしもお勢さんも浅からぬ因縁がありやしてねえ」

「ほっ、八郎次を知っておるのか。あ、そういえば八之字屋は四ツ谷伊賀町で町内だ。親しく見知っていても不思議はねえ」

風太郎が得心したように言ったのへ、仙左はきのうお勢と語り合った、八之字屋八郎次との関わりを披露《ひろう》した。

「ふむ、ふむふむ」

現役徒目付の野間風太郎は、幾度も相槌《あいづち》を打ちながら聞き終えると、

「そこまで係《かか》り合《お》うていた者が殺されたとあっちゃ、とうてい他人事《ひとごと》とは思えんじゃろ」

確認し、そのさきをけしかけるような言葉だ。

そこに仙左は驚き、

「えっ、旦那。これまでと感じが違《ちげ》えやすぜ」

「そう思うか」

言ったところへ、

「あらあら、鋳掛屋さん。さっきからトンカチが聞こえなくなったと思ったら」

「お奉行所のお方とお話しですか」

さきほどの女中ふたりが戻って来て言う。

「こりゃあどうも。つい大事《でえじ》な話だったもんで」

仙左は言うと、打っていた鍋の底をふたたび炭火にかざした。また熱して仕上げの打込みをするのだ。

風太郎も、

「じゃましたな。ま、そういうところだ」

言うと腰を上げ、鋳掛屋の前にしゃがみ込むのを女中ふたりと入れ代わった。

風太郎は話の途中で腰を上げるかたちになったが、仙左にとってはそれでじゅうぶんだった。野間風太郎の意図を、慥《しか》と汲み取ったのだ。

二

この日、仙左は早めに仕事を切り上げ、鋳掛道具をひとまとめにして背負い、炭火の入った小型の火桶《ひおけ》は手に、伝馬町の長屋に戻るより伊賀町の茶店伊賀屋に向かった。お勢からお座敷の仕事がないときは、伊賀町の茶店伊賀屋の手伝いに入ると聞いていたからだ。風太郎と話し込んでいた武家地からも、伝馬町の自分の長屋に戻るより、伊賀町の茶店伊賀屋のほうが近い。

はたしてお勢はこの日、茶店伊賀屋に出ていた。お勢が伊賀屋に出ているとき、茶店の雰囲気は明るくなり、往還からふらりと茶を飲みに立ち寄る客もいて、伊賀屋伊右衛門もよろこんでいる。

そこへ仙左が顔を出すと、店がしまうのを待たずお勢は仕事を切り上げ、仙左を奥の部屋に入れようとした。仙左がなにやら意味ありげにお勢を訪ねたとき、伊賀屋ではそれが許される。なにしろ茶店伊賀屋のあるじは伊右衛門であり、お勢と仙左の談合の場には伊右衛門も同座するのだった。

このときも仙左が深刻そうな顔でお勢を訪ねて来たと聞くと、はたして伊右衛門は奥から出て来た。

仙左はさきほどの野間風太郎との話を、お勢に聞かせるために来たのだ。伊賀屋伊右衛門に同座されたのでは具合が悪い。

すかさず仙左は、

「いや。きょうは特段の話があって来たわけじゃねえ。ちょいと前を通ったもんだからよ」

と、お勢にめくばせし、

「あら、そうなの」

お勢は返し、仙左はその声を背に外に出た。

（おめえの長屋で待つぜ）

めくばせの意味はそれで、お勢には通じていた。

奥から出て来た伊賀屋伊右衛門が、

「そうかい。まあいいだろう。仙左とはまたゆっくり話すこともあろうかと」

おなじようにその背を見ながら言っていたのも、仙左の耳に入った。伊右衛門はわざと仙左に聞こえるように言ったようだ。伊右衛門は仙左が波風を起《た》てるのを警戒しているのだ。

内心仙左は、

（やはり伊賀屋の中で、さっきの風太郎旦那の話はできねえ）

思いながらおもてに出て、一度伝馬町の自分の長屋に戻って鋳掛道具を置き、伊賀町のお勢の部屋に向かった。早く伝えたい気持ちが、かえって無駄足をしてしまったようだ。

お勢の長屋では、

「あらあら、きょうもかね」

と、井戸端《いどばた》にいたおかみさんが言う。一緒にいたおかみさんも、

「こんなだったら仙左さん、なにも他所《よそ》の長屋に引っ越すことなんかなかったんじゃないのかい」

などと言う。近辺の者は、なぜ口入屋の甲州屋甲兵衛が仙左をお勢の長屋から出し、かわりに年格好が似た矢之市を入れたのかを知らない。水野家横目付の者が、長屋のそのかみさんにまで聞き込みを入れなかったのは、仙左にとってまったく幸運だった。

実際に長屋のすぐ近くで聞き込みを入れた水野家横目付の者が、長屋の住人にもうひと声かけていたなら、仙左と矢之市の入れ替わりをつかんでいたはずだ。水野家横目付の者は、聞き込みに疲れてあとひと息を怠《おこた》り、仙左と年格好の似た矢之市を、以前から住みついている者と見なしたのだ。それにはもちろん矢之市の、どこにでも気楽に住まう順応のよさも手伝っていた。

仙左は矢之市の部屋でお勢の帰りを待とうと思ったが、いずれに出かけたか矢

之市は留守だった。

さいわい待つことはなかった。陽が西の空にまだ残っている時分だ。

「なにやら意味ありげに訪ねて来たけど、なんだったの」

と、お勢が急いで戻って来たのだ。

お勢も話を聞きたいのだ。

「さ、上へ」

と、仙左を急《せ》かせる。

座につくとお勢はまた、

「風太郎旦那やご隠居たちに気づかれぬように動く方途さね。なにか見つけましたか。さっきおまえさんが伊賀屋の旦那を避けなすったときに、どんな用件か分かりましたよ」

と、問いを入れた。

お勢と仙左のあいだでは、

（場合によっちゃ、秘かな成敗を……）

すでに決しているのだ。その〝場合〟とは、野間風太郎ら徒目付たちが気はあっても力にはならないと判断したときだ。すでに仙左はそう判断し、お勢を訪ねて来たのだ。

「早とちりするねえ。石川儀兵衛を相手に、そう簡単にいい方途が見つかるかい。したが、朗報だ」

「え、朗報って、なにが？」

お勢は仙左を見つめた。

「さっき風太郎の旦那がよ、わざわざ俺が武家地の広小路でトンカンやってるところに来なすってなあ……」

と、さきほどの野間風太郎とのやりとりを披露《ひろう》した。

「あらら、あらあら。風太郎の旦那って、ご隠居さんたちとおなじようにあたしらを抑《おさ》えようとしてるんじゃなくて、逆にけしかけてる？　そりゃあ伊賀屋じゃ話せないよねえ。成敗をけしかけるなんて、ご隠居の伊右衛門さまや甲兵衛さまとまったく異なりますからねえ」

「そうよ。それを姐《ねえ》さんに早《はよ》う報《しら》せとうてよ」

「まっこと朗報です」

「向後《こうご》は風太郎の旦那から石川儀兵衛のこと、なにかと詳しゅう聞けらあ。実際の算段は、それからってことになるかなあ」

「それも遠いさきのことじゃのうて、近いうちに……」

部屋の中はすでに暗くなり、お勢が行灯に火を入れた。

矢之市はまだ戻っていない。

「矢之市さんには、あしたにでもあたしから話しておこうかねえ」

「いや、それは待ったほうがいい。あやつめ、その気になりゃあすこぶる頼りになりそうだが、かわら版屋よろしく野次馬根性でつき合われたんじゃ、けえってじゃまにならあ。一緒に真剣になってくれりゃあと思いはするがよ」

「そうね」

と、矢之市の件に関しては、仙左のほうが矢之市を的確に見ており、慎重でもあった。

「とりあえずはよ、使えるときは使い、そうでねえときは、まあ近くにいてもいいか。これまでどおり、軽い仲間であっても、相談したり一緒に闇走りをする相手じゃねえってことでどうでえ」

「つまり、そばにいるならいたでいいってことね。秘密は守ってもらわなくちゃ困るけど……」

「と、そのように俺は思うのだが。矢之市は徒目付の旦那方が俺たちにまわして来たようになってるから、秘密を守ることについては……」

「心配はなさそうね」

お勢は言い、話はそうなった。

だがお勢は、

「矢之市さん、一緒に闇走りできそうな気がしますけどねえ。もちろんこれは、矢之市さん次第だけどね」

と、言った。

「ふーむ」

仙左はうなずいていた。

まだ慎重ではあるが。やはり仙左も矢之市を、戦力として欲しいのだ。

三

だが翌日、

「目付の石川儀兵衛なあ、風太郎の旦那もおっしゃっていやしたが、やがては町奉行あたりにまで出世しようかという、力のある人物っていうじゃありやせんかい」

と、お勢と仙左の決意を揺るがすようなことを言ったのは、はたしてあちこちでうわさを集めるのに長《た》けた矢之市だった。

伊賀町のお勢の長屋ではなく、伝馬町の仙左の長屋の部屋だった。

きのう外もかなり暗くなり、仙左が帰ろうとお勢の部屋から出たところへ、矢之市が帰って来たのだ。矢之市が自分の部屋に帰るには、一番手前のお勢の部屋の前を通ることになる。

仙左はまたお勢の部屋に戻り、矢之市にさっきまで話していた石川儀兵衛成敗の一件を話し、

「——これにゃおめえもすでに一枚嚙《か》んでるようなもんだ。俺たちと一緒に闇に走れたあ言わねえが、儀兵衛の身辺を詳しく知らなきゃならねえ。そこへの合力は期待してるぜ。野間風太郎の旦那も、あと押ししてくれる手はずになってらあ」

「——えっ、風太郎の旦那が！」

仙左が言ったのへ、矢之市は驚きの声を上げていた。はたしてその場で矢之市もいっそううわさ集めに合力することになり、

「——期待していますからね」

お勢も言ったものだった。

そこでまたきょうの膝寄《ひざよ》せとなったのだ。それもいつもお勢の部屋では、やがて長屋の住人たちが訝《いぶか》ることになるかも知れないと話し合い、きょうは趣向《しゅこう》を変え仙左の部屋でということになったのだ。

結局、矢之市も実行への闇走りはともかく、準備の段階では貴重な一員となっていた。

さすがに矢之市はかわら版屋で、石川儀兵衛のようすもお勢や仙左たちより多

く得ている。そのような矢之市に仙左は興奮気味になり、

「やい、矢之市。おめえ、もう臆病風に吹かれているのか。野郎が町奉行にまでなりそうだったら、そのめえに始末しておかなきゃ、お江戸はますます住みにくうなるぜ。おめえ、それでいいのかい」

「違う。臆病風なんかじゃねえ。ともかく石川儀兵衛が相手じゃ、慎重にと言ってるんでさあ」

矢之市が返したのへ仙左はさらに、

「それを臆病風ってんだ」

「そんなんじゃねえ」

「これこれ、仙左さん。矢之市さんの言うのも、あたしゃ一理あると思いますよ。徒目付の風太郎旦那もご隠居のおふたりも、慎重にっておっしゃってるんですからね。仙左さん、まるで猪《いのしし》にも負けず猛進しようとしてるみたい。そのほうがあたしゃ心配ですよう」

お勢が仙左をたしなめるように言う。

矢之市は満足そうな表情になり、

「まあ、幕府の目付を、しかも石川儀兵衛を殺《や》ろうてんだから、用心深く……俺だってそうは思ってらあ」

と、仙左も姉のお勢にたしなめられ、やわらかな口調を取り戻した。だがここで仙左は、矢之市に石川儀兵衛を始末することをはっきり言ってしまった。

（ううっ）

矢之市はかすかにうめいたようだ。

矢之市の言う〝慎重に〟は、これこそ消極的などではなく、積極的な思いを示す言葉だった。それをまっさきに口にした矢之市は、一歩退《ひ》いてお勢と仙左に合力するのではなく、気持ちのうえからもまったくのお仲間となっていたのだ。ともかく石川儀兵衛の成敗は、お勢と仙左、矢之市の三人が、一枚岩《いちまいいわ》となって進める素地がここに整ったようだ。

仙左の部屋での膝詰《ひざづめ》はつづいた。

矢之市が言った。

「石川儀兵衛は、四ツ谷御門内や市ケ谷御門内の武家地によく出向いておりやすが、当人はご存じのとおり、四ツ谷の甲州街道に沿《そ》った伝馬町の町場を抜けた武家地の一角に、屋敷を構えておりますさあ」

「ああ、俺も一度確かめに行ったことがある」

仙左が返し、お勢もうなずいた。仙左もお勢も、すでに石川屋敷の所在は確かめている。確かめるまでもなく、お勢と矢之市の住む長屋は伊賀町で、仙左の長屋はそのとなりの伝馬町であり、街道からそれらの繁華な町場を抜ければ静かな武家地が広がっている。その一角に白壁に囲まれた石川屋敷はあるのだ。

屋敷の所在など調べるというほどのことではなく、近くを歩いている武家屋敷の奉公人か行商人に訊けばすぐに分かる。

難しいのは、その屋敷の内側を探ることだ。町屋なら玄関にも裏庭にも、家の中の声が聞こえるほど近づき、そこから内側の動きを感じ取ることができる。武家屋敷はそれができない。だが、行商人なら勝手口から入れる。鋳掛屋の仙左もよく武家屋敷の裏庭で店開きをする。その気になれば、内側を探ることは容易かも知れない。仙左らが石川屋敷の内側をよく知らなかったのは、知ろうとしなかったからだけかも知れない。

矢之市は言う。

「まずは石川儀兵衛が屋敷を出たか内にとどまっているかを探ることでやしょう。これはあっしが古着の行商人や貸本屋になって探りを入れやすが、ひとりじゃできやせん。お勢さんにも仙左の兄イにもやってもらいやすぜ。やり方はあっしが……。ま、あっしは石川屋敷じゃありやせんが、似たようなことは幾度かやっておりやすから」

「うまく見本をみせてくれるのだな」

仙左は言う。人を尾行するだけでも実際やってみると容易ではなく、矢之市の自然を装《よそお》う巧《たく》みさには、なるほどと思ったものである。屋敷の中の動きを探るとあっては、これはもう矢之市に頼るしかない。

「見本よりも、お勢さんにも仙左の兄イにも、その手段がすでにあるじゃありやせんか。三人がかりでやりゃあ、あの屋敷の中も見えてきやしょう」

「よろしく頼みますね」

お勢が言うと、仙左も同調のうなずきを見せた。やはり尾行だの探りだのといった通常の暮らしのなかに出てこないことは、お勢や仙左より矢之市のほうに一《いち》日《じつ》の長《ちょう》がありそうだ。

三人は石川儀兵衛への対処をあくまで慎重に進めるため、まず屋敷の日常から調べ、そこから方途を見いだすことを、仙左の長屋で話し合ったのだ。その慎重さは同時に、これまで徒目付の野間風太郎が標的の手強《てごわ》さを、お勢と仙左、さらに矢之市に語っていたからでもあった。その意味では、野間風太郎はすでに石川儀兵衛成敗の仲間になっていようか。

その野間風太郎はまだ三人の動き出したことに気づいていないが、自分の忠告がそこに生きているとなれば、用心深いが前向きに合力することになるだろう。

現役徒目付の野間風太郎が、隠居の伊賀屋伊右衛門と甲州屋甲兵衛の意にさからい、お勢と仙左をけしかけるような挙に出ようとしているのは、ふたりが石川儀兵衛糾弾に挺身《ていしん》するのを期待してのことだったのだ。

すなわち風太郎は、自身がやりたくともやれないことを、お勢と仙左に託《たく》したのだ。そこに矢之市までが加わった。

四

仙左の部屋での膝詰《ひざづめ》のあと、さっそく三人の動きは始まった。

旗本が登城《とじょう》する時分に、商家のご用聞きや古着の行商人などを扮《こしら》えた矢之市、お勢、仙左が、石川儀兵衛の屋敷の近くを徘徊《はいかい》する。それだけで儀兵衛が外出したか否《いな》かはつかめる。

屋敷内のようすを知るには、貸本屋になった矢之市が裏門から中に入る。古着や小間物の行商は、用がなければすぐ退散しなければならない。だが貸本屋なら中間《ちゅうげん》や腰元、さらに二本差の用人《ようにん》たちともしばし話ができる。

矢之市のそうした方途に仙左は、

「おめえ、大《てえ》したもんだなあ。見なおしたぜ」

「ほんに、なんとも器用なこと」

と、お勢も言っていた。

五日ほどつづけた。石川儀兵衛はそのうち三日は登城し、一日は知人を訪れ、一日は屋敷に引きこもっていた。屋敷内では特に武術に励《はげ》んでいるふうもなく、屋敷全体で警戒しているようすもなかった。

ふたたび仙左の長屋である。陽は中天を過ぎていたが、まだそれほど西の空に入っていない時分だった。

お勢と仙左に矢之市までつるんで、なにやら動いている……。三人に気を配っている野間風太郎が、気づかないはずがない。風太郎は配下の御小人目付《おこびとめつけ》まで差《さ》配《はい》して三人の動きに注意していた。

お勢の部屋は、幕府目付の石川儀兵衛の手の者が、ときおり近辺をうろつく。そのような環境下に、仙左も同座する膝寄せなどできない。石川儀兵衛はいまなお水野忠邦の下命を忘れていない。だが、お勢が二十数年まえに諫死《かんし》した水野家江戸家老二本松義廉《にほんまつよしかど》の娘であることに、まだ確証を得ていない。そのようなとき、仙左がお勢の部屋に出入りするのは危険だ。野間風太郎が石川儀兵衛の目をくらませるため、仙左を家移《やう》りさせた意味がなくなる。

仙左の狭い部屋で、矢之市は言った。

「石川儀兵衛の普段の所在をつかんでおくのは、このくらいでいいと思いますさあ。

あとは幾日見張っても、おなじことのくり返しになりやしょうから」

「そのようですねえ。ならば、つぎの段階に入りましょう、さあ」

お勢が返したのへ仙左もつづけた。

「矢之市よ。おめえ、もうすっかり俺たちの仲間だぜ。つぎの段階、いよいよ本番てことかい。俺と姐《ねえ》さんのふたりじゃのうて三人つるんでとなりゃあ、それだけやりやすうならあ。おめえ、そこまでつき合うんだろうなあ」

「仙左の兄イよ、冷《つめ》てえ言い方するじゃねえか。俺《おら》ア、とっくにそのつもりになってらあ」

矢之市は返し、

「さあ、どこで刺す。向こうさんの屋敷の中か、出かけようとおもてに出て来たときか、逆に帰《けえ》って来て門の前《めえ》に足をそろえたときか。お供の中間がそばにいたって不意討ちにすりゃあ、斬り合いにならねえまま刺せやすぜ」

「え、矢之市さん、そこまで考えながら石川屋敷を張っていたので？」

お勢が驚いたように言い、

「その場を素早く逃げても、騒ぎになるぜ。それに、誰に見られるか分かったもんじゃねえ。あとが大変《てえへん》だ」

と、お勢も仙左も石川屋敷での殺しには懸念を示した。

「場所は、たとえばの話でさあ」

矢之市が言ったときだった。

部屋の外の三和土《たたき》から、

「そう、場所がよくねえ」

声がして半分閉めていた板戸が、外から勢いよく開けられた。

「あ、旦那！」

お勢が思わず言い、

「これはっ」

「ああっ」

と、仙左と矢之市も声に出した。

三和土に立っていたのは、徒目付の野間風太郎だった。

「おめえら、声は外まで洩《も》れていねえものの、ここに人が立っても気がつかねえなんざ、不用心この上ねえぜ」

町場の長屋にふさわしい、伝法な口調で言う風太郎に仙左が、

「へへ、そりゃあどうも。ともかく旦那、狭《せも》うござんすが上がってくだせえ」

すり切れ畳を手で示し、

「そ、そうです。ともかく上へ」

お勢も勧《すす》め、三人は風太郎の座をつくろうと、それぞれ奥に腰を動かした。

「そうかい。おめえらがなんの話をしているかは、さっきからここで聞かせてもらったが……」

風太郎が言ったのへお勢が、

「いやですよう、旦那。立ち聞きなんかなさってて……」

「だからおめえら、不用心だというんだ」

言いながら上がり、すり切れ畳に腰を据えると、

「お目付の石川儀兵衛さまを亡き者に……。言ったろう、慎重にも慎重を重ねなきゃならねえって。俺はさっき、知らねえふりをしてこのまま黙って帰《けえ》るつもりでいたが、石川さまをご当人の屋敷から出て来たところを刺す？　それとも屋敷に帰《けえ》って来たところを刺す？　そんなことを聞きゃあ、黙って帰《けえ》るわけにゃいか

ねえ」

「そ、それは……」

　仙左が口ごもったのへ風太郎は、

「勘違いするねえ。俺はいま徒目付でもなんでもねえ。おめえたちとおなじ、お上の禄を喰《は》むお目付さんたちの身勝手が許せねえ一人よ」

「旦那、そんならあっしらにお味方してくださると……?」

　かわら版屋の矢之市がつないだのへ、徒目付の野間風太郎は、

「おっと、そのさきは言わせるねえ」

　手で矢之市を封じる仕草をとり、

「言ったろう。ともかく、庶民の一人だって」

「そりゃあ、もう」

　お勢が応じ、風太郎はつづけた。

「知って知らぬふりをするのは誰にでもできるが、俺の独《ひと》り言《ごと》を聞いてどうするかは、おめえたち次第だ」

「ほっ、旦那の独り言、聞きてえですぜ、どんな話が飛び出すか……」

「お、ほん」

矢之市が言ったのへ、仙左もお勢も無言でうなずき、野間風太郎はそこに咳払せきばらいで応じ、

「つまりおめえたち、あのお目付を許せねえと、なにやらしようとしている。それはそれでいい。だがよ、あのお人はおめえたちが正面切って渡り合える相手じゃねえ。武士と町人の、身分のことじゃねえ。腕の差だ。おめえら、言ってたなあ。不意討ちってよ」

「へ、へえ」

矢之市がうなずいた。

風太郎はつづける。

「策はいいのよ。それしかおめえたちが勝てる方途はねえ」

「うう」

仙左がなにか言いたそうにうめき声を入れたが、あとがつづかなかった。現実は風太郎のいうとおりなのだ。

風太郎はさらにつづけた。

「だからというて、相手方の屋敷の門前で？　それが不意討ちになるかい。屋敷の中に忍び入るようなことも言ってたなあ。アホか。百年以上もめえにあった赤穂《あこう》浪士の討ち入りよ。知ってるだろう」

「そりゃあ、もちろん」

お勢が返した。お座敷で勇ましい話をするとき、ときおり話題になるようだ。

「あれはどんな騒動だったい。吉良《きら》さまひとりのお命を頂戴するのに、じゅうぶんに下調べをして、四十七人で打込んだんだぜ。おめえら、三人？　殺されに行くようなもんだ。武家屋敷を甘く見るんじゃねえ」

「そ、そりゃあ分かってまさあ」

矢之市が言い、

「ありゃあ話のながれからそうなっただけで、ほんとに屋敷へ打込んだり門前で襲うなど考えちゃおりやせん」

仙左とお勢がしきりにうなずく。

そのようすに風太郎は、

「それを聞いて安心したぜ。おめえら、根っからの素人《しろうと》とは言えねえ。まあ、それなりの以前を持っていやがる。いわば、筋者《すじもの》と言ってもいい」

「へへ、まあ」

矢之市が声に出し、仙左とお勢もうなずく。

風太郎はつづけた。

「で、おめえら。まだ実際の策はねえようだが、なにか考えてることはねえのかい。あ、そうそう。これは徒目付として訊《き》いてんじゃねえ」

「世を乱す、上役の不正を嫌う下っ端の役人……じゃねえ。不正を憎む、市井《しせい》のひとりとしてでやすね」

「そのとおりだ。またまた下っ端の役人は余計だが」

仙左が言ったのへ風太郎は応じ、

「しつこく言うが、おめえらがあの仁《じん》を落とすにゃ、不意討ちしかねえ。これもおめえたちのことを思うてのことだ。悪く受け取らねえでくれ」

「そりゃあもう」

お勢が応じ、仙左と矢之市もうなずく。

お勢は風太郎を凝視し、

「で、旦那。あたしたち三人そろうてあのお方に不意討ちをしかけるにゃ、どこでどのようにすりゃあ……」

仙左と矢之市の視線も風太郎に集中する。

風太郎はそれらの視線にうなずき、

「そこが最も肝心なところさ。前例があるじゃねえか」

「えっ。石川儀兵衛かその用人が、料亭のあるじたちを無礼討ちに見せかけて殺した、あのやり方ですかい」

「まさか、あっしらが幕府の目付を無礼討ち!? 天地がひっくり返《けえ》ってもできやせんぜ」

矢之市が言い、仙左があきれたようにつないだのへ、お勢もうなずいている。

「おめえたちのその早とちり、わしゃあ心配《しんぺえ》だぜ」

風太郎は落ち着いた口調で言い、

「つまり、不意討ちよ。その場面を算段するのが、計画の実行への道じゃねえのかい。おまえたちの、不意討ちの発想は、間違《まちご》うてはいねえってことさ」

「そ、それをどのように」

矢之市が興奮したように言い、上体を前にかたむけた。

お勢も仙左も真剣な表情で風太郎を見つめている。

風太郎はなおも落ち着いた口調で、

「あの御仁が出かけるか、帰《けえ》って来たところを襲うって話よ。考えはいいが、仙左の言うように、それがご当人の屋敷の前《めえ》であっちゃならねえ」

「あ、分かった。料亭あたりからほろ酔い機嫌で出て来たところか、これからそういう座敷に出ようかというときですね」

お勢がつづけた。武家屋敷でしかもそこが自邸の前であれば、武士たる者はかえって緊張を解くことはなく、料亭なら気もほぐれているだろうとの判断だ。酒の席に、それは当たっているかも知れない。

「なるほど、張り詰めた気もゆるんでいるってことでやすね」

仙左がつづけ、さらに矢之市は、

「ほっ、一歩前進でさあ。これまで石川屋敷を張るばかりでやしたが、これからはあるじの儀兵衛がお城以外《いげえ》のとき、どこへ出向くかを探るって寸法でやすね」

「さすが矢之市だ。そこに的《まと》を絞るだけで、おめえらは一歩進んだんじゃねえ。

決行の日に、一歩近づいたと思いねえ」

　風太郎が言い、座に緊張の空気がみなぎった。

　その緊張にさからう意図はなかったが、

「こりゃあまた、いままで以上に地味で辛抱のいる仕事になるなあ」

　仙左が言ったのへお勢も、

「あの人、いままでは五日ぐらいに一度はお城以外に出かけていましたが、そのときどこへ行くかを探るとなれば、五日から十日、あるいはもっと張り込み、しかもあとを尾けるのも必要となりますねえ」

「…………」

　矢之市も困ったように口をつぐんだ。

「おめえたち、だらしねえぜ。お城の……つまり、なんだ……殺《や》ろうとしてんじゃねえのかい」

　風太郎は言い、

「確かに十日、二十日、場合によっちゃ一月《ひとつき》になるかも知れねえ」

「…………」

「…………」

お勢も仙左も口をつぐんだ。閉口したのではない。ふたりとも日を脳裡に数えていたのだ。

だが風太郎は、矢之市も含め三人がその長いさきを困難に思って閉口したと解釈し、すかさずあとをつづけた。

「そんな張り込みやあとを尾けるなんざ、いかに矢之市が一緒とはいえ、おめえたちにゃ無理だ。向こうさんの屋敷に気づかれ、奉公人が声をかけて来ようよ」

「…………」

三人はなおも無言をとおした。今回は困惑の閉口だった。

「だからだ」

風太郎はつづけた。

「俺が御用の筋から手をまわし、現在《いま》は幕府組織のお目付となっているお人が、登城ではなくどこかの招きを受けて出かける日を探ってみようじゃないか。つまり、そのときだけ見張ればよい。無駄をして屋敷の者に怪しまれれば、元も子もなくなろうからなあ」

「旦那っ」

仙左が身を乗り出して風太郎を見つめ、お勢と矢之市の視線もそれにつづいた。

五

仙左、お勢、矢之市の三人は、手持ち無沙汰というより、余裕を得た。毎日三人で手分けして石川屋敷を張り、当人が出て来れば尾行して行き先を確かめるべきところ、それが風太郎から連絡のあったときだけとなったのだ。

三人が風太郎からの連絡を待ちながら、芸者、鋳掛屋、かわら版屋と本来の仕事に戻ってから十日ばかりを経た。

風太郎がお勢の長屋を訪ねた。お勢へのつなぎは私的なものであり、しかもその目的は幕府組織で上役となっている石川儀兵衛に知られてはまずい。だから風太郎はお勢へのつなぎには、御小人目付はむろん自邸の奉公人さえ遣《つか》わず、みずから足を運んだ。

あした石川儀兵衛は登城ではなく、いずれかより午《ひる》の接待を受けて外出するらしい。だが、どの商家の接待でいずれの料亭に招かれているのか、それとも料亭そのものからの接待なのかは分からない。いずれかで、もう一歩踏み込んで問い合わせれば分かるかも知れないが、なにぶん風太郎は上役の石川儀兵衛の目を盗み、その動きを探っているのだ。用心に用心を重ねる必要がある。だからそれ以上を聞き出すことはできなかった。

その日を迎えた。

陽がかなり中天に近づいた時分だった。

長屋のおかみさん風のお勢、道具箱を肩に大工姿を扮《こしら》えた仙左、貸本屋に早変わりした矢之市は、それぞれ間合いを取って張り込んだ。

風太郎の言ったとおり、石川儀兵衛は屋敷から出て来た、二本差の用人と木刀の中間をひとりずつ従えている。三人はそのまま尾行に入った。

三人は矢之市の差配でときおり前後の順番を変え、石川家主従に歩を合わせた。一行は四ツ谷の屋敷を出ると、外堀《そとぼり》沿いの往還を日本橋《にほんばし》方向に向かった。なるほど登城ではない。

尾《つ》ける三人は、それぞれ他人のようにいくらか離れて歩を取っているが、

（日本橋？　接待の料亭か）

確信に近いものを得た。

当たっていた。日本橋に近い日之出屋《ひのでや》という料亭だった。けっこう大ぶりな構えで屋号も覚えやすかったが、仙左も矢之市も初めての料亭だった。お勢がすこし離れたところから、ふたりにうなずきを見せた。

（此処《ここ》、識《し》っている）

その合図だ。

日之出屋の玄関が見える場でひたいを寄せ合い、このあとの算段をしたいところだが、二本差の用人はあるじの儀兵衛について屋内に入ったが、中間は外に立ってあるじの出て来るのを待っている。中間の辛《つら》いところだが、その視界のなかで三人がひたいを寄せ合うわけにはいかない。

料亭の玄関口に番頭らしき者や女中《じょちゅう》頭《がしら》と思われる者まで姿を見せ、出迎えている。そのものものしさから、石川儀兵衛はいずれかの商家から日之出屋の座敷に招かれたのでなく、日之出屋そのものの接待を受けるようだ。

お勢が目で合図をし、三人は玄関前の往還が見える茶店に入った。玄関口に立っている中間からは見えない。

仙左が待っていたように言う。

「姐《ねえ》さん、さっきうなずいていたが、日之出屋を識っているので?」

矢之市もお勢に視線を向ける。

お勢は言った。

「幾度かあの料亭のお座敷に出たことがあるのさ。日之出屋さん、旦那さまのお名は屋号に合わせなさったか、昇之市《しょうのいち》……」

「プッ、日之出に昇《のぼ》りなさるかい」

矢之市が吹き出し、

「で、どんなお人で?」

お勢は応えた。

「愛想《あいそ》がよく、水商売にはもってこいのお人さね。それに争いごとを好まず、優柔不断《ゆうじゅうふだん》と言いましょうかねえ。理不尽に殺されなさった桜花の梅之助旦那や八之字屋の八郎次旦那とは、まるで違うお方です」

「そうかい。なるほどそれできょうは日之出屋が石川儀兵衛を接待かい。どのくれえ袖《そで》の下を包むのかなあ」

仙左が言ったのへ矢之市が、

「ホッとしやしたぜ」

「なにがホッとだ」

仙左が強い口調で言ったのへ矢之市は、

「ははは、兄イ。怒らねえでくんねえ。日之出屋の旦那がそんなんじゃ、きょうはあの料亭で騒ぎは起こらねえってことでやしょう。それだけあっしらも安心して見てられるってことになりまさあ。それに石川儀兵衛の気もゆるみ、あっしらにゃ好都合じゃござんせんかい。そうですかい、昇之市といいなさるか。屋号にぴったりのおめでてえ名ですぜ」

「なるほど。その意味で、きょうは落ち着いて策が練れるってわけですね」

お勢が返し、仙左もうなずきを見せた。

逆に緊張がそこに走る。

三人は外出した石川儀兵衛の行く先を探るだけでない。外に出たときの動きにも注目しているのだ。

（どこで、どのときに、どのように……）

それを念頭に置き、儀兵衛が屋敷に戻るまでうしろ姿に集中するのだ。いわば三人の尾行は、決行の日の算段と演習を兼ねているのだ。

日之出屋に揉め事がなければ、そのための策を落ち着いて練れるというのだ。このあと三人は石川儀兵衛が日之出屋から出て来るのを見守り、その瞬間の用人の配置、中間の動きなどから、

（隙《すき》はないか）

見定めることになる。

やはり持久戦だ。もちろんいま演習であれば、ふところに刃物はない。茶店には常にひとりが残り、それぞれ順に町場の一膳飯屋で腹ごしらえをし、見張りをつづけた。

さすがに茶店のあるじがみょうに思ったか、日之出屋の奉公人になにやら告げたようだ。日之出屋の番頭か手代がときおりおもてに出て、逆に茶店のほうをうかがい始めた。

「まずい」

矢之市が舌打ちをし、

「さきは長《なご》うござんす。向こうさんに怪しまれないのを第一としやしょう」

言ったのへお勢も仙左もうなずいた。

三人はさりげなくその茶店を離れ、おなじ日本橋界隈《かいわい》だが日之出屋からはいくらか離れた茶店の一室に座を移した。そこからひとりずつ間を置き、日之出屋の近くにぶらりと出向くことにした。これなら日之出屋から怪しまれることはなくなるだろうが、見張りの効率はきわめて悪くなる。

午《ひる》をいくらかまわった時分だった。三人が茶店の一室にそろい、

「つぎは俺の番だ。ちょいとぶらついてくらあ。儀兵衛の旦那、そろそろ出て来るころあいだと思うぜ」

仙左が言い、おもてに出た。

茶店の部屋でお勢が、

「仙左さんが言ったとおり、石川儀兵衛とその用人さん、そろそろ出て来るでしょう。あたしたちもここを引き払い、日之出屋さんの近くまで行ってみましょう

か」

「その時分のようでやすね」

矢之市が応じ、ふたりそろって腰を上げようとしたときだった。

茶店の廊下にけたたましい足音が立った。

同時に、

「やり、やりやがった！　い、いや、やられやがったーっ」

叫ぶ声はさっき出たばかりの仙左だった。

「仙左さん！」

「どうしやした⁉」

お勢と矢之市は廊下に飛び出た。

他の客が驚き、廊下の壁に背をすりつけている。

仙左はお勢と矢之市が廊下に出て来たのを認《みと》めると足をとめ、

「来い！　日之出屋の玄関前だっ」

言うと向きを変え、ふたたび外へ走り出ようとする。

「待って！　なにがあったの」

「そうでさあ。日之出屋でなにが!?」

お勢と矢之市の問いに仙左は、

「殺し、殺しだあっ」

「えぇえ!?」

声は背を廊下の壁にすりつけている客だった。

もちろんお勢も、

「仙左さん、落ち着いて」

「そう。誰がだれを!?」

仙左は足をとめ、つづける。

「分からねえかい。八之字屋の弟、十郎次《じゅうろうじ》が!」

「なんですって。八之字屋の八郎次さんの!?　弟の十郎次さん、識ってますよ。ことし十八の……」

まだ仙左の説明では、その十郎次が殺したとも殺されたとも分からない。

気骨があったために目付の石川儀兵衛に殺された四ツ谷伊賀町の料亭八之字屋の八郎次には、たしかに十郎次という弟がいた。

八郎次が殺されたあと、目付の石川儀兵衛の探索などに翻弄《ほんろう》され、弟の十郎次にまで思いを馳《は》せる余裕はなかった。

いま仙左の口からその十郎次の名が出て、お勢は思い出した。

「あ、仙左さん。あの人、弟の十郎次さんさ。石川儀兵衛に殺されたお兄さんによく似て、気骨のありなさる……」

仙左も言う。おなじ町内の住人である。

「あ、分かった。それでだ。それに違《ちげ》えねえ」

三人は茶店の廊下でしばし立ち話になった。

「なにが違いないですか。日之出屋の玄関前で、いったいなにが!?」

「そうでさあ。殺したの殺されたのと。ちゃんと説明してくんねえ、兄イ」

お勢の問いに矢之市がつづけた。

「おおう。それよ、それ」

仙左は返すと立ち話のまま、

「俺《おり》ゃあ見たぜ。見たんだぜ。殺そうとして殺されたのをっ」

「分からねえ。誰がだれを……!?　そこへ十郎次がどう係《かか》り合《お》うているんでえ」

矢之市がまた問いを投げ、

「仙左さん！」

お勢が取り乱す仙左を叱責《しっせき》した。

「うむ」

ようやく仙左は落ち着きを取り戻し、

「殺りやがったのは、石川儀兵衛の用人だ。野郎、確かに手練《てだ》れだ」

いくらか落ち着いた口調で語り始めた。

それは仙左がとり乱すほど、三人にとって衝撃的なものだった。仙左は現場を見て、一部始終を解していた。

きょう日本橋の日之出屋を張っていたのは、仙左、矢之市にお勢の三人だけではなかった。殺された八之字屋八郎次の弟、十郎次もそうだった。なにぶん三人は効率の悪い張り込みをしていたから、十郎次の存在には気がつかなかった。十郎次はお勢が言ったようにことし十八歳と若く、

「――あそこの兄弟、気骨を競い合っているような……」

と、町内でうわさされるほど生《き》まじめなふたりだったのだ。

語りながら、

「迂闊《うかつ》だった！」

お勢が言っていたせりふを、こんどは仙左が吐《は》いた。

兄の八之字屋八郎次が世を去ったとき、町内であまりにも身近で問題のないまじめな存在だったため、かえって石川儀兵衛との係り合いに留意しなかったのを悔《く》いたのだ。

「だから、十郎次さんがいかように!?」

お勢が仙左へじれったそうに言うのは珍しい。矢之市も厳しい視線を仙左に向けている。

仙左はそれらを解したか、

「そうなんだ。十郎次が、刺そうとして斬られたんだっ」

ようやく結論を述べた。

日之出屋の玄関近くで石川家主従が出て来るのを見張っていた十郎次は、暖簾《のれん》から出て来たその姿を見るなり近くに中間が立っていて、儀兵衛のすぐ横に二本差の用人が従っているにもかかわらず、

「──兄の仇《かたき》いーっ」

ふところから匕首《あいくち》をつかみ出すなり儀兵衛に突進した。

十郎次にすれば、倹約令を逆手にとった目付の石川儀兵衛は、まじめで堅物《かたぶつ》だった兄八郎次の仇以外のなにものでもない。十郎次も堅物であり、加えてまだ十八歳と若いのだ。

（堅物ほど、秘めた血の気《け》は多い）

八郎次と十郎次を識《し》る者は感じ取っている。お勢も仙左もそうだ。矢之市もそうみている。

「──わっ、何者!?」

まっさきに十郎次に気づき、声を上げたのは石川家の中間だった。この時点で不意討ちの策は失敗である。

その声で手練れの用人は事態を察した。

「狼藉者《ろうぜきもの》!?」

言ったときには抜刀し、儀兵衛に襲いかかる十郎次に動きを合わせ、横ならびになっていた。

「――おおおおっ」

十郎次はそれに気づき、儀兵衛に向けた匕首の切っ先が揺れた。すでに十郎次のほうが危うくなっている。

――キーン

刃物と刃物の触れ合う音が響くと同時に、十郎次の匕首は襲うべき相手を見失っていた。つぎの瞬間である。

「――うぐっ」

十郎次はうめき声を洩らした。

用人の大刀の切っ先が十郎次の胸を裂いていた。

つぎに野次馬たちが見た光景は、血潮を噴きながらその場に崩れ落ちる町人の姿だった。

仙左が直《じか》に目にしたのは、走る十郎次が〝兄の仇いーっ〟と叫んだところからだった。

仙左の身は震えた。

だがそれは瞬時だった。石川儀兵衛にもその用人にも、飛びかかれなかった。

刃物を持っていなかったのだ。もし持っていたなら、それを手に儀兵衛か用人に飛びかかり、その場で斬り斃《たお》されていただろう。

身の震えがとまった瞬間、

（――この事態、早《はよ》う姐さんと矢之市にっ）

思い、急ぎ茶店に戻った。

「なんと！」

お勢はうめき、矢之市は、

「あっしらも見張っていたのに、ちょいと間を置いたばかりに……！」

仙左にもお勢にも共通した思いだった。ふたりだけではない。矢之市も、八郎次につづいて十郎次まで石川儀兵衛の手にかかったことに、無念と悔しさを芽生えさせていた。

三人がともにその現場に走り、矢之市とお勢は惨劇の直後だったが、その雰囲気を身に感じたのは、向後の策を立てるのにじゅうぶんなものがあった。

六

三人は惨劇の現場から、日本橋の料亭日之出屋に近い茶店に戻った。

奥の一室である。

「むむむむ」

思いからも身の動きからも、矢之市はすでにお勢と仙左の同志的な仲間になっている。その三人が身を寄せ合って胸中に無念と悔しさを滾《たぎ》らせ、うなっているだけの姿は似合わない。

仙左は言った。

「やい、かわら版屋。おめえ、さっきから俺たちとおなじようにうなってやがるが、うなるだけじゃねえだろうなあ」

「いまごろなにを言ってるんですか、仙左さん。矢之市さんはかわら版屋さんですが、この件に関しては風太郎の旦那から、おもてにしてはならぬと言われているじゃありませんか」

お勢が返したのへ矢之市が、

「へへへ、お勢の姐《あね》さん、書いちゃいけねえとのお達しじゃのうて、しばらくは……でござんすよ」

「ふむ。だから現在《いま》は、俺たちと一緒に……か。ともかく信頼できる仲間の数がひとり増え、ありがてえぜ」

まだいくらか疑っていた仙左は、ともに惨劇の場を見たことから、ようやく矢之市を有力な仲間と認めた。なにしろ幕府組織の上位にある役人をひとり殺《あや》める、闇走りの仲間である。慎重にならざるを得なかったのだ。

辻斬りに係り合うかわら版の差しとめは数日のはずだったが、それがもう幾日もつづいている。仙左たちとの闇走りに覚悟を決めた矢之市にとって、期限はもうどうでもよくなっていた。

日之出屋に近い茶店の部屋は、にわかに重い緊張感に包まれた。これから殺しの策が練られようとしているのだ。

「お仲間が三人となったところで、確認しておかねばなりません」

お勢があらたまった口調で言った。

「なんでえ、姐《ねえ》さん。これから殺しの策を練ろうってんだぜ」

「だから、そのまえに」

仙左がお勢に、じれったそうな目を向けた。

仙左がお勢を呼ぶとき、実の姉であれば〝姐《ねえ》さん〟であり、矢之市が呼ぶときは〝姐《あね》さん〟だ。

お勢は応えた。

「出自《しゅつじ》が武家のあたしたちにとって、武士の町場での理不尽を糺《ただ》すのは、特殊な立場に置かれたあたしたちの、いわばやらねばならないことなのです」

仙左はなにをいまさらといった表情になったが、矢之市は無言でお勢の表情を見つめている。

お勢はつづけた。

「これからは出自に係り合いなく、見過ごせない武家の理不尽は糾弾する。世のため人のためです。このこと、世の理不尽を放っておけないという、かわら版屋の信念にも通じましょう」

ようやく仙左も矢之市もお勢の言わんとしている意図を解した。矢之市は遊び人で、武家の出とはほど遠い。

「そういうことかい」

仙左は返し、矢之市は無言でうなずいた。

「さあ、まず殺しの相手は、水野家の横目付から幕府のお目付になり、大いに幅を利《き》かせている石川儀兵衛です」

「おう」

「ふむ」

仙左と矢之市が同時にうなずいた。殺しの始動である。

矢之市が言った。

「俺たち町場の者にとっちゃ、やはり慣れた町場が一番やりやすうござんしょ。やりようも徒目付の風太郎旦那が教えてくれてまさあ。相手は手練《てだ》れゆえ、不意討ちに限る。しかも、気のゆるむ接待の料亭の出入りのとき……と」

仙左が受けた。

「町場の不意討ちでも、十郎次が返り討ちに遭ったのは、ありゃあひとりで策がなく、杜撰《ずさん》だった」

「そのようです」

お勢がうなずくように言った。

仙左、お勢、矢之市の三人の仲間は、それぞれの仕事に入った。お勢は芸者として上がった座敷で、老中の水野忠邦を話題にして目付の石川儀兵衛の動きを探ろうとする。

仙左は鋳掛の店開きをした場で、節約を話題にする。話は天保《てんぽう》改革に入り、そこに水野忠邦から目付の石川儀兵衛の名が出てくる。矢之市はかわら版屋らしく町々のうわさ集めに走る。かならず奢侈《しゃし》ご法度《はっと》のお触《ふ》れが話題になる。石川儀兵衛の動きがそこに語られる。

三人がそうした従来の仕事に戻り、石川儀兵衛の動きを探り始めてから、七日ばかりを経《へ》たろうか。陽は東の空に出たばかりで、まだ朝のうちだった。

仙左とお勢は、矢之市の遣《つか》いという者から、走り書きの紙片を受け取った。野間風太郎からの連絡は、慎重になっているのか石川儀兵衛を警戒してか、ここのところ途絶えている。

――さきほど石川屋敷の中間から聞いた。儀兵衛はきょう外出するが、登城ではないらしい

むろん、そのとおりに書いてあったわけではない。そう解釈できる、暗号を交えた文面だった。

本来なら矢之市がみずからお勢と仙左のもとに走るところだが、儀兵衛の外出の時間が分からない。外出を知るなり、石川屋敷に張りついていなければならなかったのだ。もちろん、石川屋敷の中間から儀兵衛の登城ではない外出の予定を聞いたとき、問えばその時刻も分かったろう。だが相手に動向を探っていることを微塵《みじん》も覚《さと》られてはならない。矢之市は遣いの者に文を託すとすぐ、石川屋敷の門前に張りついたのだ。

お勢はすぐに小間物の女行商人に化け、仙左はいつもの職人姿から町場の若旦那風を扮《こしら》え、石川屋敷の近くに急いだ。ふところには、演習のときには用意しなかった刃物を忍ばせた。むろん、矢之市もその用意に怠《おこた》りはない。

商家の若旦那と女行商人はそれぞれに四ツ谷の甲州街道脇の町場を抜け、武家

地に入った。

曲がれば石川屋敷の正面門に出るという角に、着ながしで遊び人風の矢之市の背が見えた。

「おおう」

矢之市はふたりの気配を感じてふり返り、

「待ってやしたぜ。ここじゃ近すぎまさあ」

言うと角から数歩下がり、ふたりと向き合うかたちになるなり、

「ここでおふたりさん、間合いを取って見張っていておくんなせえ。いまのところ正面門のくぐり戸にも脇の通用門にも、奉公人の動きがありやせん。いますぐ石川儀兵衛が出てくることはねえでしょう。あっしはちょいと場を外させていただきやす」

言うとお勢と仙左がいま来た方向に急ぎ足になり、角を曲がった。首を伸ばせば石川屋敷の正面門が見えるという角に、お勢と仙左が数歩の間合いをとって陣取った。もちろん、矢之市に言われたとおり、ときおり場所は変える。

やはり見張りなどの現場では、矢之市が中心になる。しかし、お勢と仙左は互

いに気心が知れ、こうした変則的な場面も幾度か経験を積んでいる。ふたりはうなずきを交わし、立ち話もする。商家の若旦那が顔見知りの女行商人と偶然出会ったようすをこしらえている。

「あれ、あそこ」

屋敷のほうへ視線を投げた女行商人のお勢が、世間話を中断した。

くぐり門が動き、中間姿が顔を出してあたりをうかがうように首を動かし、女行商人と商家の若旦那らしい男との立ち話を視界に収め、すぐ引っ込めた。

仙左もそれに気づき、

「中間だ。奥方じゃのうて、あるじの儀兵衛が出て来るぞ」

お勢もうなずき、ふたりそろって数歩、角からあとずさった。

矢之市が戻って来た。普段の遊び人姿から、着物を裏返して着なおしたか、きちりと角帯を締めたお店者《たなもの》になっていた。笠はかぶっていないが、顔をうまくかくせば、さきほどまでの遊び人風とは別人に見える。こうした早変わりも、さすがはかわら版屋の矢之市だ。

その変わり身の速さに、

「おおっ」

仙左は低く声を上げ、

「いま、動きが」

と、さきほどくぐり門から中間が顔を出したのを口早《くちばや》に告げた。

矢之市も言う。

「のぞいたのは中間でしたかい。石川儀兵衛、出て来やすぜ」

その場の緊張感が倍加する。

お勢の女行商人と、仙左の若旦那と、矢之市のまじめそうなお店者の立ち話は、石川家の門前から直接見えないところでつづいた。門はそこからすこし首を伸ばせば見える。

仙左は匕首を確かめるように、ふところに手を入れた。手にその鞘《さや》が触れる。お勢もそれに倣《なら》った。細めの手裏剣である。

緊張が高まる。

「おふたりとも、ふところから手を出してくだせえ」

矢之市が言い、仙左とお勢は無言でうなずいた。その場の雰囲気がいくらかやわらいだ。

　また動いた。

　くぐり門が開き、二本差の用人が顔をのぞかせ、外に立つとそこに石川儀兵衛がつづいた。ついで中間が出て来て二人の背後に腰を落として従う。屋敷の権門《けんもん》駕籠《かご》を出さない。

（ふむ、私的な外出）

　それを確認した矢之市、仙左、お勢は、

（よし！）

　それぞれに身の引き締まるのを覚えた。

　儀兵衛の一行が女行商人たち三人の立ち話をするほうに背を向け、歩を進めたのはさいわいだった。息を感じるほどの至近距離で双方がすれ違えば、その場でいかなる事態が発生するか分からない。

　そうした場面での不意討ちは、これまで想定したことはなく、話し合ったこともなかった。不意の動きで、十郎次とおなじ結果がそこに見られることになったかも知れない。すなわち、いきなりふところから匕首を取り出し襲って来た町人を、二本差の武士が斬り捨てた。目撃者のいずれもが、それこそ武士の防御と無礼討ちを証言するだろう。

立ち話のまま、遠ざかる石川家主従の背を見つめながら、仙左とお勢は機会の来なかったことを残念がったようだが、矢之市はホッとしたものを覚えていた。その場を悲惨な現場にせずにすんだのだ。

石川家主従は遠ざかる。仙左とお勢は、やはりまだ悶々《もんもん》とした感情を払拭《ふっしょく》していない。それを矢之市は感じ取った。

「さあ、あっしが直接あのお三方《さんかた》に尾《つ》きやしょう。そのあっしに仙左の兄イが間合いをとってつづき、兄イにはお勢さんがつづいてくだせえ」

矢之市はふたりへ指示するように言うと、さっさと石川儀兵衛たち三人の尾行に入った。仙左とお勢もうなずきを交わし、矢之市につづいた。

七

石川儀兵衛の行く先を調べるのが目的ではない。きょうの儀兵衛の外出が私用であれば、知人を訪れるか接待を受けていずれかの料亭に出向くか、そのまえにちょいと近くの茶店に立ち寄るかであろう。

　矢之市と仙左、お勢たちにとっての狙いどころは、その過程に石川儀兵衛がわずかでも隙を見せるときがあるかどうかだ。儀兵衛がいずれかの家屋へ出入りするとき、その機会のあることがこれまでの経験から分かっている。

　もちろん往還を歩いているときにも、なにかのきっかけでその機会に恵まれるかも知れない。石川家主従を尾けているとき、かたときも気をゆるめることはできないのだ。

　いま主従を矢之市が尾け、その矢之市に仙左がつながり、さらにお勢がつづいている。三人は途中でその順番を変える。石川家の者に、さっきからおなじ顔がつづいていると不審に思われないための措置だ。その意味から、尾ける者がひとり女であることはさいわいだった。

　石川家の者は、背後に小間物の女行商人が歩を踏んでいても、怪訝《けげん》には感じないだろう。行商といえばおもに男の仕事だが、小間物には化粧品があり、女が行商をしている例はけっこう多いのだ。

屋敷を出た石川家主従は、外堀に沿った往還を日本橋方向に向かっている。

(ふむ。まえとおなじ、日之出屋かな)

お店者の矢之市は思い、ふり返って仙左に視線を合わせ、前方をあごでしゃくった。順番を変えようとの合図だ。若旦那の仙左はうなずいて早足になり、歩をゆるめたお店者を追い越した。もちろんふたりは知らない者同士を装《よそお》っている。その動きは女行商人のお勢からも見える。矢之市の扮したお店者は女行商人にも合図を送り、順を入れ替わり一番背後に尾いた。

そこから石川家主従の背は見えない。

「ふーっ」

矢之市は歩を踏みながらひと息ついた。仙左もお勢も素人ではない。どちらも石川家主従に気づかれることなく尾行をつづけるだろう。

(東海道に入り、日本橋に近づいたとき、俺がまた先頭に出るか)

矢之市は思っている。

往還に歩を進めているだけのとき、不意討ちの機会はない。日本橋が近づけば、直接日之出屋に向かうも、ちょいと近くの茶店に寄るも、あるいは別の料亭であっても、石川家主従の動きに変化が生じる。不意討ちの機会がそこにある。

（ふふふ、もうすぐだぜ）

矢之市は胸中につぶやいた。落ち着きがそこに見られる。

だが、前を行く仙左とお勢は違った。

外堀に沿った武家地の往還から赤坂新町《あかさかしんまち》の繁華な町場を過ぎ、ふたたび人通りの極度に少なくなる武家地に入ったところだった。往還に人通りが増えればそこはもう東海道に近く、日本橋には道一筋《みちひとすじ》となる。

矢之市から女行商人のお勢の背はさほど離れておらず、その先を行く若旦那の仙左の背も、それほど遠くはない。そのふたつの背が、互いに申し合わせたように、他の往来人にくらべ硬くなっているのが、矢之市からも見えた。

茶店であっても料亭であっても、その門前で石川家主従が立ちどまり、儀兵衛が隙を見せた瞬間に襲いかかる。そのときの申し合わせと演習は、もう幾度もしている。石川屋敷の近くに急遽《きゅうきょ》集まり、事前の打ち合わせもないまま失敗したときとは異なる。

演習も打ち合わせもくり返した新たな機会が、石川家主従と仙左、お勢、矢之市たちの踏む一歩ごとに近づいているのだ。

(いけねえ。落ち着け)

仙左は胸中に念じた。

お勢が足を速めて仙左の一歩うしろまで近づき、仙左はそれを確かめるようにふり返り、うなずきを見せたのだ。仙左とお勢の背に、緊張が高まったのが感じられた。ふたりは互いにそれを確認し合ったようだ。

(いますぐ、俺が先頭に)

矢之市は思い、足を速めようとしたときだった。

(ん?)

歩をとめた。

異常だ。

往還をそのまま進めば街道に出て、日本橋は近くなる。その街道へ出るまえに石川家主従は脇道にそれ、武家屋敷の裏手の空き地に入った。その動きは矢之市からは見えなかったが、仙左とお勢には視界の範囲というより、目の前のことだった。街道へ出るよりも脇道の、さらに脇道にそれたことになる。

（ん？）

仙左とお勢は首をかしげ、石川家主従の動きに合わせた。このときの仙左とお勢の動きが、矢之市にも見えたのだ。

（兄イたち、姐《あね》さんも、どうしなすった？）

矢之市は不思議に思い、一行が曲がった角へ急ぎ、

（おっ）

ふたたび歩をとめた。角から十数歩さきが、武家屋敷の裏手になっている。ちょっとした広小路だ。予期せぬ光景がそこにあった。

仙左とお勢が、石川儀兵衛とその用人、さらに中間に行く手を阻《はば》まれ、睨《にら》みつけられているのだ。ふところに刃物を忍ばせているとはいえ、丸腰の女行商人と商家の若旦那が、二本差の武士ふたりと供の中間に威圧されたように萎縮《いしゅく》し、動きを封じられているではないか。

おそらく仙左とお勢は角を曲がったところで突然、

「——おい、町人」

と、中間を従えたふたりの武士に行く手を阻まれ、瞬時にこのかたちになって

しまったのだろう。

矢之市は角の内側に歩をとめ、身を隠した。

隙をみて不意討ちを仕掛けるどころではない。仙左とお勢は武士ふたりにまったく威圧されている。身動きすらできないようだ。

用人の声が聞こえる。

「おい、おまえたちふたり。ときにはもう一人いるようじゃが、いつもまとわりつき、わしらになに用か」

「えっ、まとわりつく!?　そんなこと、滅相《めっそう》もありませぬ。そ、そう見えるのは、たまたま行く方向が重なっただけのことでございましょう」

仙左が怯《おび》え慌てた口調で言えば、

「そ、そうなんです。あたしたち、ただの顔見知りで、お武家さまにまとわりつくなど、とんでもございませぬ。それにもうひとりなど、し、知りませぬ」

お勢もしどろもどろに言う。

（うーん）

矢之市は仙左とお勢の恐縮し怯えたようすが本物かどうか、にわかには判断できなかった。

儀兵衛の声のようだ。

「うーむ。いつぞや不意に突っかかって来た町人とは、別物のようじゃのう」

仙左にもお勢にも、さらに矢之市にも、それが八郎次の弟、十郎次のこととすぐに分かった。それを石川儀兵衛は〝別人〟ではなく〝別物〟という。

「な、なんですかい。不意に突っかかって来たとは？」

「そんな大それた、恐ろしいこと」

仙左が問うように言ったのへ、お勢も信じられないといった風情でつないだ。

「ふむ」

儀兵衛はうなずき、

「わしらはおまえたちのようなわけの分からぬ町人に、路傍《ろぼう》で係《かか》り合《お》うているいとまはない。去るがよい」

「こんどわれらの近辺をちょろちょろしおると、ただではおかぬぞ。おまえたちがいつも見かける町人どもかどうかは知らぬが、ともかく目障りじゃ」

変装と常に尾行の順番を変えていた効果があったようだ。

用人は言うなり、刀の柄《つか》を叩《たた》いた。さすがは手練《てだ》れの武士か、それだけで恐ろしいほどの威厳があった。離れたところから見ていた矢之市まで、ドキリとしたほどだ。

「分かったなら去れ」

締めくくるように用人は言う。

石川家主従はこの町人たちが何者かさほど気にせず、ただうっとうしく思っていただけのようだ。

「へ、へえ」

「はは、はい」

仙左とお勢は返し、命拾いをしたようにその場からあとずさった。

矢之市はホッとし、

「助かりやしたねえ。見てやしたぜ」

逃げるように枝道に歩を踏むふたりに声をかけた。

「ううう」

仙左はうめき声を上げ、お勢は引きつった顔のまま言葉もなかった。

無理もない。さきほどの不意討ちのような待ち伏せを思えば、それこそ〝無礼討ち〟にされていても不思議はなかったのだ。

矢之市の顔を見て仙左もホッとしたか、

「なんでえおめえ、あの場に出て来ずに、ずっと見てやがった？」

言いようにも安堵《あんど》の気持ちがにじみ出ていた。

お勢の表情もやわらぎ、

「それでいいのです。矢之市さんまで間近であの人たちに顔をさらさずにすんだのだから」

と、脅《おど》されたあとながら、すでに向後のことに思いを馳せているようだ。石川家主従は、三人のうちひとりの顔を間近に見ていないことになる。

だが事態は、石川儀兵衛に不意討ちを仕掛けるどころでなくなっていることは確かだ。

三人はできる限り平静を装って赤坂新町の町場まで引き返し、目についた茶店の奥に部屋をとった。

「ふーっ」

と、いまさらながらに仙左は安堵の息をついた。お勢も声こそ出さなかったが、大きく息をした。仙左とお勢の緊張と怯えは、演技などではなく、本物だったようだ。無礼討ちに遭わなかったのは、まったく石川家主従の気まぐれだったのかも知れない。

町場の茶店の奥に落ち着いたところで、

「迂闊《うかつ》でした」

お勢が言った。

「あたしたち、いつからかは知りませんが、まわりにうろちょろしていたこと、気づかれ、うっとうしく思われていたのですね」

「だがよ、お命頂戴を目的に尾けていたとまでは気づかれていなかったようで、そこは助かったぜ」

仙左がお勢に応じて言ったのへ、矢之市が返した。

「石川儀兵衛め、考えてみりゃあ、兄イもお勢姐さんも、無礼討ちに見せかける相手じゃなかったってことのようで。ともかく袖の下に応じねえ商家のあるじを狙い、町場のちょろちょろした動きにゃ、うっとうしく感じてもさほど注意してねえってことになりまさあ。まあ、不用心か……、そのへんに向後の策は考えられそうですぜ」

「俺たち、ちょろちょろなんかじゃねえぜ」

　仙左が言い、さらに矢之市は、

「そりゃあそうでやしょう。不意討ちも命がけの策でやしたからねえ。ともかくあっしらがつけ狙っていたことまでは覚《さと》られていなかったものの、この策はもう使えやせんぜ。さあて、どうしやすか……」

「どうしやすかって、ともかくやらねば」

「そう、ともかく、やるのです。その場に居合わせて」

　お勢も言った。

　三人の脳裡はすぐに落胆を超え、新たな策の思考に入った。

四　不意討ち

一

水無月《みなづき》（六月）はなかばを過ぎると、暑さにも残暑を感じる。

徒目付《かちめつけ》の野間風太郎はきょう、朝から屋敷の中間《ちゅうげん》も、探索の手足になる御小人目付《おこびとめつけ》もともなわず、着ながしに黒っぽい羽織を無造作にはおり、ひとりでぶらりと町場に出た。

ちかごろの風太郎には、そうした単独の動きが多い。そのはずで風太郎はいま、徒目付の役務《やくむ》より私的に動くことが多くなっているのだ。しかもそれは、徒目付の上役《うわやく》である目付石川儀兵衛の周辺を探る、おもてにはできない作業だった。

現在《いま》その風太郎の脳裡にあるのは、鋳掛屋《いかけや》の仙左に年増芸者のお勢、それにかわら版屋の矢之市たちの、すでに見慣れた面《つら》だ。

この日、まだ朝のうちだった。

風太郎の足はさきほど伝馬町の仙左の長屋に向かい、

（ふむ、出かけておるか。近くで鋳掛のトンカチの音は聞かなんだが、きょうはどこへ）

軽く思いながら、つぎに向かったのは、伊賀町のお勢の長屋だった。おなじ四ツ谷界隈のとなり町で、それこそふらりと行ける範囲だ。

茶店伊賀屋の裏手で、お勢の部屋は長屋の一番手前で、一番奥の部屋には矢之市が入っている。

この長屋の近辺では、野間風太郎の顔は住人に覚えられ、その身分が江戸市中には厳《いか》めしい、幕府組織の徒目付であることも知られている。風太郎が身分を隠しもせず、お勢も風太郎がふらりと来るたびに、

「――ららら、お徒目付の旦那。きょうはなに用で」

と、住人たちの前で気軽に言う。

だから町場の長屋に徒目付の風太郎が来ても、周囲が緊張することも、住人たちがそそくさと部屋に隠れることもない。

逆に風太郎がその長屋の路地を一歩踏んだだけで、おかみさんたちが出てきて、

「あら、旦那。こんな朝から。お勢さんならさっき、どっかへ出かけましたよ。普段着で」

声をかける。

「ほう、普段着でなあ。まあ、こんな朝っぱらからお座敷でもあるまいからなあ」

返せばもうひとりのおかみさんが、

「奥の矢之市さんも、いつもの身軽な格好でどっかへ出かけたみたい」

と、話に加わる。

お勢や矢之市と親しく交わっているせいで、長屋の住人に野間風太郎への警戒心もなければ、あたりが緊張することもないのだ。

風太郎も、

「ああ、そうかい。きょうもまあ、特段の用があって来たわけじゃねえ。近くま

で来たもんで、ふらりと寄ってみただけさ」
気さくに言い、その場をあとにした。
歩をもと来た町場に踏みながら、
(うーむ。三人とも出払っておるか)
と、胸中に軽い緊張を覚えた。
三人が出かけるのはそれぞればらばらであったろうが、ひとつの目的があって
いずれかへ出向いたことを、風太郎は知っている。
きのう、風太郎はお勢にそっと告げたのだ。
「――あした目付の石川儀兵衛は登城《とじょう》ではない外出をするぞ。件《くだん》の供を連れ、料
亭を数軒まわるらしい」
それを踏まえてその日の夕刻、お勢の呼びかけで仙左の長屋に、かわら版屋の
矢之市を交え、三人が膝をそろえた。
紛糾した。
逆に石川家の主従に尾行の待ち伏せをされ、〝二度とつきまとうな〟と脅《おど》され
たのを機に、料亭あたりからほろ酔い機嫌で出てきたところを襲う、不意討ちの

策は断念した。逆に不意討ちを仕かけられ、かつ石川家用人の剣術の鋭さまで見せつけられては、断念せざるを得なかったのだ。

その日のうちに三人は仙左の部屋に寄り合い、つぎの新たな策を話し合った。行商人や商家のご用聞きになりすまし、石川屋敷に入り込み、

――屋敷内で儀兵衛の帰りを待ち伏せる

――いや、屋敷内に入ったのなら、夜を待って寝所を襲う

案はつぎつぎに出された。いずれも生還のおぼつかない策だった。

それでも、

「――寝所を襲うも一考か」

などと真剣に話し合った。

しかし、断念せざるを得なかった。命が惜しいからではない。尾行の逆待ち伏せをされたとき、仙左とお勢はいかに商家の若旦那と女行商人に変装していたとはいえ、石川家主従から間近に面《かお》を見られているのだ。

「――さらに凝《こ》った変装？　通用しやせんぜ」

かわら版屋の矢之市が言えば、

「――おそらくな。ならば、どうする」

「――遠くからつきまとい、ともかく隙《すき》を見つけて襲いかかる以外に……」

仙左が問いを入れ、お勢が応《こた》える。

談合は、この域を出ることはなかった。

つまり、それが策となった。当初の策もそれだった。

そこに三人はつけ加えた。

「――捨身で」

ありがたいのは、毎日石川屋敷を張らずとも、登城以外に石川儀兵衛に他出する予定があれば、例によって風太郎が直前に知らせてくれることだった。これも例によって、風太郎はその時刻や行く先を聞き出すことまでは控えた。だから目付の石川儀兵衛は、徒目付の野間風太郎が自分の身辺に探りを入れているなど、まったく気づいていないのだ。

この日の石川儀兵衛の他出が、一カ所だけでなく数軒の料亭をまわるようだとつかんだのは、今回が初めてだった。

それを知ったとき、

（――成り上がり目付の石川儀兵衛め、きょう一日で数軒も袖《そで》の下を集めてまわるつもりか）

思ったものである。一日で料亭を数軒めぐるなど、それしか考えられない。それだけ石川儀兵衛の賄賂取り放題も、大胆になってきているのだ。

この日の石川家主従の他出予定を風太郎からのつなぎによって知った仙左、お勢に矢之市の三人は、夕刻近くにあらためて仙左の長屋に膝詰《ひざづめ》をしたのだ。それが紛糾したのだが、お勢は断言するように言った。

「――これ見よがしに一日数軒も料亭を賄賂取立てでめぐる。道義の麻痺《まひ》したその所行、いよいよ許せません。好機ではないですか。数軒もまわれば、いずれかで気のゆるむこともありましょう。天があたしたちに与えたもうた機会と思いましょう。これを見逃してはなりません」

「――そのとおりだ、姐《ねえ》さん」

応じる仙左の声には力がこもり、すかさず矢之市もあとをつづけた。

「――さっそく、あした朝早くに石川屋敷へ」

決まりである。

当初に算段した、あとを尾《つ》けて好機を見いだす方途だ。異なるのは、これまでは一カ所の料亭に上がるだけだったのが、こたびはずうずうしくも数軒まわる。それだけ機会が多くめぐってくる。いかに手練《てだ》れの用人がついていようと、すべてに油断が生じないことはあるまい。

「――顔を見られぬよう間合いをとって尾け、機会とみたとき、ただちに間合いを埋め……」

「――用人が気づくめえに儀兵衛の身に匕首《あいくち》の切っ先を刺し込む」

「――あとは一目散に逃げる」

急遽《きゅうきょ》開いた膝詰《ひざづめ》で、三人の思いは一致したのだった。

野間風太郎が石川家主従のようすをお勢たちにそっと知らせるのは、三人が即座に集まり、そうした策を立て動き出すだろうと予測というより、期待してのことだった。そこでけさ、

（動いておるか）

確認のためふらりとした風情で、四ツ谷伝馬町の仙左の長屋と、伊賀町のお勢

と矢之市の長屋をのぞいたのだ。

　すると三人とも、姿はそこになかった。長屋のかみさんたちから聞く、出かけたときのようすから、それぞれが仕事に出たのでないことが分かる。とくにお勢など、普段でも朝のこの時分に長屋からいなくなることなどあり得ないのだ。

（ふむ、三人示し合わせ、それぞれに石川屋敷へ向こうたな）

　算段すると、それ以上は知ろうとせず、歩をもと来た町場に戻した。ここからさらに三人を追えば、徒目付の風太郎までが仙左ら三人と一緒に動いているようになってしまう。目付の石川儀兵衛が、そこに気づかぬはずはないだろう。これほどまずいことはない。

　それに風太郎は、

（あの三人なら、着実にやるはず）

　と、信頼している。

二

そしてけさ、風太郎が仙左とお勢たちの長屋をのぞくと、三人ともすでに出払っていたのだ。

（風太郎の旦那、いつもありがてえぜ）

と、昨夕の仙左の長屋での打ち合わせどおり、石川屋敷へ最初に出向き、見張りの態勢に入ったのは矢之市だった。

見張りといっても、これ見よがしに玄関のすぐ前に陣取るのではない。矢之市は石川家主従にまだ顔を知られていない。このあとすぐに来るお勢と仙左は、息を感じるほどの至近距離からまじまじと見られているのだ。その面《つら》で石川屋敷を張るなど、危険をともなうだけだろう。

まず、顔を知られていない矢之市が、あと一歩踏み込んで角からのぞけば、石川屋敷の玄関が見えるというところに座を取った。

「ようすは？」

と、背後から声をかけたのは、やはり小さな風呂敷包みを小脇にした、商家の女中に見えるお勢だ。薄い羽織を着ながし遊び人を扮《こしら》えた矢之市も、

「これだけ離れていりゃあ、向こうさんから見られる心配はありやせんや」

と、言う。

昨夕、

「――顔は知られていりゃあ、やはり変装は必要」

と、話し合ったのだ。変装は三人とも慣れて得意とするところだが、商家の者になろうと遊び人が染みついている矢之市などは、眉毛《まゆげ》を太く描き目の下を暗くするなど、人相そのものを変えている。仙左は小さな風呂敷包みを腰にした商家の使い走りを扮えている。動きやすいいで立ちだ。ふところには匕首《あいくち》を隠し持った。お勢も女であれば化粧で、石川家主従に脅されたときとは別人のようになっている。

屋敷の裏門を入り、奉公人らとじっくり話せる貸本屋を誰も扮えていないのは、

「――あしたが正念場になる」

と、話し合ったからだった。

「――これまでのように一軒だけの出入りじゃなく、何軒もまわれば、いずれかにかならず隙が生じるはず」

と、そこに賭《か》けたのだ。

結局は隙をついての不意討ちだが、手練れの用人がいる相手にはそれしか方途はなく、またそれ以外に思い浮かばなかったのだ。

いま三人が立っているところから、石川屋敷は見えない。それがかえって三人を落ち着かせている。もし見えたなら、三人とも落ち着いて話などできないだろう。女を交えた町人三人は、手練れの石川家の武士ふたりが恐《こわ》いのだ。木刀の中間も、それなりに腕がありそうだ。

そこへの恐怖というより緊張感が、

（退《ひ》けねえぜ！）

（そう！）

との決意を固めさせているのもまた、事実である。

「矢之市よ……」

商家の使い走りの仙左が声を低めた。

「きのう、おめえ、きょうやるべきことはその場を見て決めようなどと言うておったが、さあ、ここがその場だぜ」

商家の女中のお勢も、遊び人風の矢之市の顔を見つめている。目が、早くと催促している。

商家の使い走りと女中と遊び人風の三人は、さりげなく路傍《ろぼう》で立ち話をしているように見せている。武家地で往来人は少ない。こうした三人の立ち話は、町場の雑踏のなかのほうに合っているが、武家地でも天下の往来なら不自然ではない。武家地にだって、お店者《たなもの》も女中も遊び人も出歩いているのだ。

遊び人風の矢之市が落ち着いた口調で言った。

「石川家の主従は、屋敷から繁華な赤坂新町《あかさかしんまち》の方向に向かいやしょう、そこを過ぎりゃあ東海道で日本橋はすぐそこになりまさあ」

「つまりあの主従、街道への道をかならず通るということですね」

「さようで」

お勢が言ったのへ矢之市は返した。だから矢之市は仙左とお勢に、この場を待ち合わせに指定したのだった。

仙左は感心したようにうなずき、

「ふむむ。それをやり過ごし、尾《つ》けるって寸法だな」

「さようで」

矢之市は返した。

このあと矢之市の差配《さはい》で、三人は石川屋敷の周囲をそれぞれに徘徊《はいかい》した。これまでの張り込みと似ている。違うところといえば、意気込みであろうか。

（きょう、決着をつける）

三人とも、意を決しているのだ。

陽が東の空にいくらか高くなったころ、石川家主従が屋敷から出てきた。中間をひとりともなっている。その背後にかなり離れ、矢之市ら三人がひとりずつ仲間の背を見ながらつづく。行く方向は分かっているから尾けやすい。仙左もお勢も尾行にはすでに慣れている。

石川家主従は閑静な武家地を抜け、思ったとおり赤坂新町のほうに向かった。

そこが繁華な町場であれば、尾行はしやすい。間合いもつめ、先頭にはお勢が立ち、その背後に仙左がつき、矢之市は最後尾に歩をとった。それぞれのあいだを縮めているから、矢之市から石川家主従の背までは見えないが、行き交う往来人たちのあいだに先頭のお勢の背は見える。

（おっ、どうした）

矢之市はドキリとした。お勢が立ちどまり、そこへ仙左が近づき、ふたりが向かい合ってなにやら言葉を交わしたのだ。

前回とおなじだ。

（早まるな！）

矢之市は胸中に念じ、往来人を避けながら早足になった。

仙左とお勢の横に歩をとめた。尾行中に三人が一カ所に固まって立ち止まるなどきわめて危険だが、そうなってしまったのだ。

矢之市は前面に視線を投げた。

「ん？」

石川家主従の姿がない。

「そうなのよ」

お勢が言い、

「見たぜ。石川家のやつら、ほれ、あそこに」

仙左が言いながらあごをしゃくったほうを見ると、

「おっ」

まわりのめし屋や小間物屋、呉服屋などを圧倒するように、かなり大ぶりな料亭が正面の出入り口を構えている。

「暖簾《のれん》のめえに立つだけで、中から番頭か手代みてえのが出て来て腰を折りやがってよ。ありゃあどう見ても、来るのを待ってた感じだぜ」

仙左は言う。

そのときのようすから、すでに袖の下の話はできていることが、仙左とお勢にも、いま話に聞いた矢之市にも容易に察せられる。赤坂新町の料亭は、収賄のためきょうまわる最初の一軒のようだ。

「むむむむむっ」

うめき声は商家の使い走りの仙左か遊び人風の矢之市か、あるいは女中に扮《ふん》しているお勢か。きょう石川家主従は、そうした料亭を幾軒かまわる。

（許せぬ！）

三人に共通した思いなのだ。

徒目付の野間風太郎もそれを聞けば、そうであろうと思っていたことながら、歯ぎしりするだろう。

「さあて、どうする」

仙左は言い、お勢と矢之市へ交互に視線を向けた。

このときも用人はあるじの石川儀兵衛について屋内に入ったが、中間は暖簾の外であるじたちの出て来るのを待っている。

お勢が言った。

「あの主従さ、あと何軒かまわるとなれば、一軒からはさほど待つことなく出て来るでしょう。いつもどおりあの中間さんに気づかれぬよう、周《まわ》りをまわりながら待ちましょう」

「そうしやすか。出てきたときが、最初の機会になるかも知れやせんぜ」

矢之市が応じ、仙左も肯定のうなずきを示し、このときの策は決まった。〝最初の機会〟とは、もちろん不意討ちを仕かける機会である。

そのとき、三人がひとつの地点にそろっていなければならない。待ちながら周囲を移動するにしても、遠くには離れられない。かといって近くばかりを行ったり来たりすれば、中間がみょうに思うだろう。思われればその時点で不意討ちの策は失敗である。木刀の中間ひとりといえど、まったくうっとうしい存在だ。だが、そこが赤坂新町で繁華な土地《ところ》でよかった。行ったり来たりの範囲をせばめることはできた。

予測したとおり、半刻《はんとき》（およそ一時間）ばかりで中間が暖簾の内側の動きに気づき、膝立《ひざだ》ちの姿勢から腰を上げた。このとき、暖簾から一番近くの人混《ひとご》みのなかから見張っていたのは仙左だった。すぐさままわりの人混みに歩を進め、お勢と矢之市へ暖簾の中に動きのあることを知らせ、もとの位置に戻った。暖簾から十歩ばかり離れた、往来人の行き交うところだ。

あるじの儀兵衛が暖簾から出てきた。中間が腰を折って迎える。ついで用人がつづいた。

「あれですね」

と、お勢が仙左の横に立った。ふところに手を入れている。手裏剣を探っているのだ。そのうしろに矢之市が、まわりの往来人とおなじ歩幅で進んで来た。急いでおらず、往来のながれに溶け込んでおり、中間はあるじを迎えるのに気をつかっており、往来に変わった動きのあることにまったく気づいていない。そのための矢之市の、まわりに合わせた動きなのだ。これらは昨夕、仙左の長屋で話し合ったとおりだ。

仙左は心ノ臓を高鳴らせ、ふところに手を入れ匕首《あいくち》の所在を確かめた。お勢もふところに手を入れたままだが、すでに手裏剣を握っている。

仙左とお勢の立つ空間に、緊張の空気が張りつめる。

暖簾から顔を見せた亭主らしきが、石川主従になにやら声をかけた。

「おう」

用人は返事をし、儀兵衛はうなずいたようだ。

暖簾からのぞいた顔が引っ込み、用人は暖簾の中に戻った。料亭が新たな金一封か、そうかさばらないみやげを用意したようだ。

暖簾の外には、中腰の中間と儀兵衛だけが残った。ふたりとも暖簾のほうに向いており、仙左たちに背を向けている。

これこそ好機ではないか。

しかし矢之市の足がまだ、仙左とお勢の横にそろっていない。あと数歩のところだ。

(あああ)

(早《はよ》うっ)

仙左とお勢は、胸中に焦《あせ》りの声を洩らした。

暖簾から用人が笑顔で出てきた。みやげの用件が終わったのだろう。料亭の亭主らしきも一緒だ。儀兵衛に腰を低くしている。見送りか、暖簾から番頭らしきと女中一人が出てきた。暖簾の前に立つ人の数は増えた。

好機は去った。

ようやく仙左とお勢の横に立った矢之市も、数呼吸まえが千載一遇《せんざいいちぐう》の好機であったことを覚《さと》った。

「ふーっ」

ため息は三人ほぼ同時で、矢之市が半呼吸ほど遅れていたろうか。

暖簾の前ではその場を離れる石川家主従の背に、料亭の亭主や番頭、女中たちが腰を落とし、辞儀をしている。

仙左たちはふたたび尾行に入らざるを得なかった。

まだ赤坂新町の繁華な町場である。

石川家主従の向かう方向は分かっている。街道のほうだ。尾けながら、ほんのわずかだが三人がひとかたまりになって歩を踏む余裕があった。

そこに仙左が言った。

「機に際し、三人がぴったりそろうなんざ、難しいもんだなあ。つぎの機会への反省材料になろうよ、さっきのは」

「…………」

お勢は無言だった。

矢之市には仙左の言葉が、自分の遅れを皮肉っているものと判《わか》った。言った。

「千載一遇の好機であったことは分かりまさあよ」

「だろう。それをくり返さねえためにゃ……」

「おっと」

矢之市は仙左の弁をさえぎるように言った。

「兄イと姐《あね》さんの立っていたところから暖簾まで、すくなくとも十歩の距離はありやしたぜ」

「あれ以上、近づけるかい」

「そこでさ、問題は」

「問題？　どのような」

仙左と矢之市は、前面の石川家主従の背に視線を向けたまま、声を極度に落としている。すぐ横をすれ違う者がいたとしても、ひとことも聞き取れないだろう。

矢之市は言っていた。

「十歩も離れている地点から、刃物を振りかざして飛びかかれやすかい。五、六歩で気づかれ、それこそ無礼討ちを喰らいまさあ」

「ううっ」

仙左は言葉につまった。

お勢も前方に視線を投げたまま、低声《こごえ》で言った。

「あの人混み、手裏剣も無理でしたよ」

三

それぞれ短いやりとりで修正すべきを語り合い、ふたたび尾行に専念する態勢に入った。まだ繁華な町場なので、間合いはわずか十数歩しか取っていない。この短い間合いは、さきほどの反省から出たことで、イザというときには五、六歩にまで縮めようか、

「──心してかかりましょう」

「──むろん」

さっき話し合ったばかりだ。

いま、商家の女中を扮《こしら》えているお勢が先頭に歩を取り、つぎに遊び人風の矢之市がつづき、商家の使い走りながら一番血の気《け》の多い仙左が最後尾についている。矢之市がまん中にいるのは、お勢と仙左をうまく制御するためだ。この配置を徒目付の野間風太郎や隠居の伊賀屋伊右衛門、甲州屋甲兵衛が見たなら、よく考え

たと三人を褒《ほ》めることだろう。

石川家主従の足は街道に向かっている。この地域にも、石川儀兵衛が袖の下を要求しそうな料亭が散在している。

東海道に出た。京橋《きょうばし》が目の前だ。そこを過ぎれば日本橋で、街道の人や荷馬の往《ゆ》き来《き》は、繁華な町場とおなじだ。

その賑《にぎ》わいが、天保改革で鳴りを潜《ひそ》めたわけではない。確かに奢侈《しゃし》ご法度《はっと》の触《ふ》れが出たとき、町場は戦々恐々とし、石川儀兵衛などの悪徳の役人が泳ぎやすい場をつくりだしたものだった。

その町にいま、石川家主従は歩を進めている。それらの背そのものが、武家の出であるお勢や仙左にとっては、

（許せぬ）

動きなのだ。もちろん生粋《きっすい》の町衆である矢之市もその影響からか、いまおなじ歩を踏んでいるのだ。

「あっ、やっぱりっ」

先頭を行く女中のお勢が声に出して足をとめ、遊び人風の矢之市をふり返った。

矢之市も、

（そうかい。ここもかい）

胸中に感じ、いくらか急ぎ足になってお勢に近づいた。

三人は間合いを狭くとっているから、最後尾の使い走りの仙左にも、その原因が見え、矢之市は念じただけだが、

「畜生、ここもかい！」

仙左は低くだが声に出し、急ぎ足になった。

目の前に、街道に向かって玄関口を構えている料亭がならぶ。この京橋あたりでは珍しくない光景だが、その一軒に石川家主従が入ったのだ。例によって紺看板の中間が暖簾の外にとどまり、中に入ったあるじ儀兵衛と用人の背にふかぶかと辞儀をする。

再度、好機到来！

だが、中間が街道で腰を折り暖簾の中に辞儀をしているということは、早くも儀兵衛と用人は屋内の人となり、街道にはしばし出て来ないということだ。

それでも矢之市と仙左が急ぎ足になったのは、さきほどの赤坂新町での反省で

あるとともに、再度好機に恵まれたときへの備えである。

いま三人がひとかたまりとなった地点は、中間が手持ち無沙汰《ぶさた》に立つ暖簾の前から、五、六歩も離れていない。

三人はいちように、

（ここなら）

と、足で軽く地を打ち、思いのおなじことを確認しあった。無言のうなずきを交わす。

そこが往来人の多い街道であれば、商家の女中と使い走りに出た風情のお店者、さらに遊び人風の立ち話など、あるじ待ちで立ちん坊の中間がいちいち意識することではない。遊び人がそこに混じっていても、言い争っているのでないのなら、互いに見知ったあいだ柄の者たちであろう。他人《ひと》がとやかく視線を向けるほどのことでもない。

それでもなお、ただの往来人に見せかけるため、三人は順を決め周囲をふらりと徘徊する。そのときも人通りの多い街道であれば、歩く範囲は極力せまくとった。常に三人が互いの視界のなかに位置し、

――好機！

のとき、すぐさま標的の暖簾まで五、六歩の位置に歩をそろえられる態勢をとっているのだ。

目の前の角をあと一歩曲がれば、料亭の暖簾の前に立つ石川家の中間が見える場所だ。女中のお勢と遊び人風の矢之市が立ち話をしている。そこへ商家の使い走りの者が通りかかり、歩幅をゆるめた。いまお店者風の仙左は、中間のわきから料亭の暖簾の前を経《へ》た。中の気配を探ってきたのだ。

足をゆるめた仙左を、お勢と矢之市は言葉を待つように見つめる。

お店者風の仙左は、

「動きがある。出て来るぞ」

言うと二、三歩、お勢と矢之市の前を通り過ぎ、足をとめふり返る。お勢が角に首を伸ばし、暖簾の前をうかがった。遊び人風の矢之市が、そのすぐ背後に腰を落とし、ふところに手を入れた。匕首《あいくち》の柄《つか》を握ったのだ。

仙左も矢之市の横に歩を進め、腰を落とした。むろん、ふところに手を入れる。隙があれば飛び出し、仙左と矢之市が石川儀兵衛を刺し一目散に逃げる。お勢は手裏剣で用人の動きを瞬時《しゅんじ》封じる。

結局三人は、この最も基本的な策しか見出《みいだ》し得なかったのだ。

きょうの変装は、そのためのものである。往来人の幾人かにはその現場を見られるだろう。

「うむ」

矢之市はうなずき、ふところで匕首を握る手に力を込めた。

お勢は無言でふところから手裏剣を取り出した。

「…………」

（この距離なら）

そこに陣取ったときから、お勢は間合いを測《はか》っていた。

座に緊張が走る。

いずれの女中か、風呂敷包みを手にした女が、暖簾の前を通り過ぎた。その背につづこうかどうかと迷っているらしい遊び人風の姿がある。すぐ近くにお店者が歩を取っている。いずれも暖簾から数歩のところだ。

もちろん変装で配置についているのは、お勢と仙左、矢之市の三人だ。この配置の瞬間に、石川儀兵衛が暖簾から出てきたなら……。

商家の女中、遊び人、使い走りのお店者は動き、刀も抜かず腹を刺された武士がうめき声とともにその場に崩れ落ちようか。場は騒然とし、刺したお店者と遊び人風たちは早々にその場を離れ、近くから手裏剣を打った女も素早く人混みにまぎれ込むだろう。

それが瞬時の不意討ちとあっては、用人まで刺すのは困難だ。しかし用人は、手練れであっても刀に手をかけるいとまもなく、

――きぃーっ。おさむらいがっ
――血が、血がっ
声が行き交うなかに、ただ立ち尽くすのみとなろう。中間はこのとき数のうちに入らず、いてもいなくてもいい存在になっている。

ひと呼吸おき、野次馬たちの騒ぐ声が飛び交いはじめる。

『無礼討ちじゃねえっ。俺たちとおなじ町人が二本差を！』

『そう、刺しやがったぞ』

野次馬たちは叫ぶ。

刺し殺された武士が、目付の石川儀兵衛であることは、その日のうちに知れわたるだろう……。

いま、一歩踏み出せば中間の立つ暖簾が見える角で、お勢がそこに視線を投げている。仙左と矢之市もその緊張を呼ぶ場を見たいところだが、三人そろって顔をのぞかせるわけにはいかない。

「どうです、動きは」

「ありそうな……」

矢之市が声をかけたのへ、お勢が前方に視線を向けたまま返す。

仙左は言う。

「新たな動き、きっとあらあ。さっき、それを感じたからよ」

好機の到来である。

交わしながら三人は、その好機を脳裡に描いた。

暖簾が動き、石川儀兵衛が顔をのぞかせた。そのさきの展開を、三人は脳裡に描く。もう幾度もそれをくり返した。三人の脳裡のなかで喰い違いはすでにない。

こたびもそうだった。

とくに現在《いま》は、三人そろってその現場に直面しているのだ。このあとの展開を想えば、いよいよ座は緊張する。

暖簾が動けば、そのさきには三人がいまそろって想像している世界が待っているのだ。

「あっ、動いた！」

お勢の声だ。とっさのことで、声は大きくなっていた。したが、五、六歩さきの中間に聞こえるほどではなかった。

それよりも中間は暖簾に向かって腰を折った。

「うむっ」

「よしっ」

仙左と矢之市も角から顔をのぞかせ、それを確認した。

ふたたび暖簾が揺れる。

それが石川儀兵衛なら、仙左と矢之市は刃物を手に飛び出し、お勢は手裏剣を振りかざすことになるはずだ。

顔が見えた。

「むむっ」

うめき声は、三人一緒だった。

中間が中腰で迎えるなか、暖簾から出てきたのは用人だった。いつもなら用人は料亭から出てくるときもあるじのうしろに従っているのだが、いまは違った。さきに出て来たのが用人だった。中間と並んで暖簾に向かい、外からあるじを迎えるかたちをとった。

「……？」

三人は首をかしげる。

石川儀兵衛と料亭のあるじらしきが、談笑しながら出て来た。暖簾の外に立ち、用人も加わり立ち話をはじめた。そのようすから、奢侈ご法度のお達しをこの料亭にどう運用するか、話し合いはうまく進んだようだ。なるほどあるじは安堵《あんど》し、儀兵衛には袖の下が入り、ふたりとも機嫌がいいはずだ。

そんな目付と料亭のあるじとの談笑に、

「むむっ」

またもや三人一緒に低いうめき声を洩らした。

手練れの用人がさきに出て来た時点で、不意討ちの策は消えていたのだ。

もちろん仙左たちは落胆した。

しかし、仙左とお勢はすぐさまつぎの機会を念頭に置き、矢之市もそこにうなずきを入れた。

四

暖簾から用人の顔がのぞいたとき、三人はそろってこの場での不意討ちの不可能を覚《さと》った。仙左、矢之市、お勢の三人はすぐさま、つぎの策を念頭に浮かべていた。

昨夕、仙左の長屋できょうの策を話し合ったおり、

「――たぶん儀兵衛たちは、そう動くでしょうねえ」

「――そんならそれへの対応が、あっしらにとっちゃ……」

「――最終的なものになりやしょうかい」

お勢が言い、矢之市が応じて仙左がしめくくるように言ったものだった。

だからきょう料亭の前で不意討ちの好機が消え去ったとき、〝最終〟というその策が、三人の脳裡に浮かんだのだった。

石川儀兵衛と用人が、まだ暖簾の前で料亭のあるじと談笑しているうちに三人はその場を離れ、つぎの行動に移っていた。

昨夕、仙左の長屋できょうの策を練ったおり、

「――石川儀兵衛め、あした中に数軒まわるとありゃあ、そのなかにゃ日本橋の日之出屋も入《へえ》っているはずだ」

仙左が断言するように言い、お勢も矢之市も憶《しか》とうなずいた。

日本橋の料亭日之出屋が、儀兵衛が持ちかけた倹約令をあってなきものにする話に乗ったことは、すでに知られている。

そればかりか日之出屋が日本橋界隈での石川家主従の溜《たま》り場になっていることを、仙左とお勢はすでに調べ上げている。徒目付の野間風太郎も、それを承知している。

石川家と日之出屋の係《かか》り合《あ》いは、それだけではなかった。石川家の用人が、堅

物で袖の下に応じない八之字屋八郎次の弟、十郎次を〝無礼討ち〟にしたのも、日之出屋の前だった。

いま石川儀兵衛が機嫌よく出て来たのは、玄関口が東海道に面した料亭だ。街道の先が日本橋であれば、

「やつらの足はこのあと、日之出屋に向かうはずだぜ」

街道に面した料亭を前に三人が立ち話になったとき、仙左がさらりと言ってお勢と矢之市がうなずいた。好機をひとつ逃しても、つぎの策に向け三人の意志はぴたりと合っている。

その三人が日本橋に向け、石川家主従の出てきた料亭の前を離れたすぐあと、石川儀兵衛たちもまたそこを離れた。石川儀兵衛たちはまるで仙左たち三人のあとを追うように、街道を日本橋のほうへ向かったのだ。まさに昨夕の仙左の長屋での予測のとおりだった。

街道に出れば日本橋は道一筋《みちひとすじ》で近い。だから仙左、お勢、矢之市の三人は昨夕、石川家主従は日本橋に向かうはずと踏んだのだ。

いま、そのとおりになり、三人は日本橋にさきまわりしていることになる。

「そこでちょいと、ようすを見やしょうかい」

　矢之市が言い、三人は日本橋の料亭日之出屋の手前の茶店に入り、おもての見える部屋を取った。そこは先日、石川儀兵衛が日之出屋の正面玄関に訪《おとな》いの声を入れるまえに、用人と中間をともない、おもての縁台にちょいと腰を据えた茶店だ。

　今回も石川家主従は日之出屋に訪いを入れるまえに、その茶店の縁台にちょいと腰を据えるかも知れない。その茶店は、料亭の日之出屋に入る客が事前にお茶を一杯と、つい腰を下ろしたくなるような場所に位置しているのだ。

　かりにそれが再現されても、仙左たちは部屋の中である。双方が外の縁台で鉢合わせになる心配はない。しかもそこは縁台に一番近く、外の話し声が聞こえるという好条件の部屋だ。

　部屋に腰を据えると矢之市が、半開きにした板戸から縁台のほうへ視線を投げ、低声《こごえ》で、

「やっこさんたち、きょうもここでちょいとのどを湿らせていってくれたら、よござんすがねえ」

言ったのへ、

「それでこのあとの話でもしていってくれりゃなあ」

「なにもかもが、そううまく行くものですか」

仙左が返したのへ、お勢が思慮深《ぶか》げにつないだ。

それが、うまくいった。

石川儀兵衛とその用人が、仙左たちが座を占めた部屋のすぐ前の縁台に、腰を据えたのだ。

中間がそのかたわらで片膝《かたひざ》を地につき、あるじを待つ姿勢に入った。いかに外の茶店の縁台とはいえ、木刀の中間が二本差である主人とおなじ座を取るなど、あってはならないことなのだ。

部屋の中では、

「来ましたね」

お勢が極度に落とした声で言い、半開きだった板戸をいくらか閉じた。ぴしゃりと閉め切ったのなら不自然で、その場に緊張も走ろうが、すき間をそっと狭くしただけだから、きわめて自然な動きだ。しかも部屋の客には、女がひとり混じっている。部屋の内と外で、互いに見えにくくなっただけで、お互い仲間同士でかえって話しやすい雰囲気ができた。

中間が儀兵衛になにやら言われ、数軒先の日之出屋に向かった。役所の目付主従が近くに来たことを、知らせに行ったのだろう。

石川儀兵衛とその用人は、ゆっくりとした風情で縁台に腰を据えた。

部屋からその背が見える。しかもそのあいだは距離というほどのこともなく、立って一歩踏み出せば、その縁台のすぐ横になる。儀兵衛と用人は部屋のほうに背を向けており、仙左とお勢とかわら版屋の矢之市には、その息遣いが感じられそうな間合いである。

そうした間合いにいま仙左ら三人は、言い知れない緊張と興奮を覚えている。これまでこうも間近に対手《あいて》と接したことがないのだ。

（この配置、好機！）

三人の胸中に走る。

それら三人は板戸の外のふたりに、興奮を抑《おさ》え聞き耳を立てる。仙左とお勢、矢之市の三人である。

聞こえる。

石川儀兵衛の声だ。

「日之出屋のあるじ、昇之市《しょうのいち》と申したのう」

「御意《ぎょい》」

返事は当然、その用人である。

「優柔不断《ゆうじゅうふだん》というか、話せばつき合いやすい男のようじゃのう」

「そのようで」

「その昇之市とか、日が出て昇《のぼる》とは、屋号ともども覚えやすい名じゃ。日之出屋には、これからも昇る機会を用意してやろうぞ」

「さように心得《こころえ》ておきまする」

「ともかくこの日本橋で日之出屋に目をかけておけば、そこに倣《なら》う店もつぎつぎと出ようかのう」

「おそらく」

聞きながら、仙左、お勢、矢之市は顔を見合わせ、目付石川儀兵衛への嫌悪を倍加させた。儀兵衛は日之出屋を溜《たま》り場に、奢侈ご法度の令をちらつかせ、さらに多くから袖の下を得ようとしているのだ。

お勢が声を低めた。

「一日放置すれば、それだけ世が乱れます。早《はよ》うに……」

「世のため……」

矢之市がつないだ。矢之市も仙左とお勢からの影響か、それともかわら版屋だからか、本心からそう思うようになっている。

仙左も矢之市につづき、声を低めた。

「機会さえ巡《めぐ》ってくりゃあ……。こんどは逃《の》がさねえぞ」

肚《はら》の底からの、絞り出す声だった。

さきほどの待ち伏せ失敗のときとは状況が異なる。その失敗は、料亭の近くで石川家主従の出て来るのを待つかたちを取った。結句、微妙なところでそこに好機は見いだせなかった。

いまはさきまわりをし、これから石川家主従が日之出屋に入るのを待っている。おなじではない。建物から外へ出るときはある種の緊張があろうが、入るときはこれからくつろぐのだ。緊張はない。しかも息遣いを感じるほどの至近距離に、待ち伏せている。

この違いが、仙左たち三人の脳裡に、慥《しか》と意識されている。これも前回への、反省の賜物《たまもの》か。

さきほどの中間が戻って来た。日之出屋の者がひとりついている。やはり中間は日之出屋に石川儀兵衛の来たことを告げ、同時に迎えを出すよう催促に行っていたようだ。

「おうおう」

用人がそれを迎えるように茶店の縁台から腰を上げ、

「ふむ」

と、儀兵衛もつづいた。

すぐ背後の部屋から、仙左らがその動きを目で追っている。

茶店の前に立ったふたりのうしろに、

(石川儀兵衛！)

一歩飛び出せば、その背に匕首《あいくち》の切っ先を刺し込める。

仙左、お勢、矢之市の心ノ臓は高鳴った。それら三人の胸中はいま、自分たちが主人公の、おなじ場面を描いている。

徒目付の野間風太郎が、それら仙左たちの潜む角をふらりと曲がったのは、まさに三人がおなじ場面を胸中に描いているときだった。風太郎は仙左たちの動きが気になり、三人がいそうな場所をさがし、いまそこにたどり着いたのだ。

はたしてその茶店の中に、仙左ら三人の姿はあった。さすがは徒目付か、仙左、お勢、矢之市の三人がいま、緊張に覆《おお》われているのを即座に感じ取った。

「おっ」

反射的にもとの角へ一歩退《ひ》いた。

すぐさま、そっとまた顔をのぞかせる。

やはり三人は緊張に包まれ、そのすぐ近くに風太郎自身の上役である石川儀兵衛とその用人の姿を認《みと》めた。中間もいる。もうひとりはお店者《たなもの》のようだ。

徒目付の野間風太郎はもとより、仙左とお勢、さらにかわら版屋の矢之市までが、石川儀兵衛を狙っていることは承知している。承知しているよりも、これまで風太郎が仙左たちにそれをけしかけてきたのだ。

その石川家の用人が、手練れであることも風太郎は知っている。

（まずい）

思いながら、いま出て行くことはできない。見守る以外にない。

板戸を狭く閉めた茶店の部屋で、仙左とお勢、矢之市の三人がいよいよ緊張の色を濃くしたのを、離れた角からといえ、徒目付の野間風太郎は受け取った。実際いま、仙左らは極度に緊張しているのだ。

しかし、仙左らは動かない。ふところに入れた手に匕首の柄《つか》をつかんでいるものの、用人が手練れであることを風太郎から聞かされている。いま飛び出せば、仙左か矢之市の刃物が石川儀兵衛の背に喰い込もうか。だがそれだけでは致命傷にならないばかりか、ふたりのうちどちらかが用人の大刀の切っ先を受けるだろう。即死であり、しかも無礼討ちである正当性まで与えることになる。いかに捨身の覚悟はあっても、やはり動けない。

（ううう）

仙左ら三人は胸中にうめき声を洩らしながら、目の前の石川儀兵衛とその用人の背を見守っている。

――おっ、好機！

三人は同時に感じ取った。

それはまた、角から見ている風太郎にも感じられた。

石川儀兵衛たちに、新たな動きが見られたのだ。

儀兵衛が、

「なんだ、これは」

言ったようだ。

石川家の中間がともなって来た日之出屋の奉公人は、その場にふさわしい人物ではなかった。

いまをときめく幕府の目付が、すぐ近くまで来て、しかも中間を知らせに走らせたのだ。日之出屋は相応に緊張しようか。ところがそこから出て来たのは、番頭でもなければ手代でもなく、丁稚髷《でっちまげ》でこそなかったものの、まだ使い走りの若い者だった。いま仙左がそれに近いお店者に扮し、すみで肩をすぼめ小さくなっている。その程度の奉公人を迎えに寄こしたのだ。

日之出屋にすれば、

——大枚の袖の下を包んでおる

そう自負しているのかも知れない。しかしそれは、幕府の目付たる石川儀兵衛の自尊心を傷つけるものだった。

雰囲気が険悪になったのを察したか、遣《つか》いに出た中間と受けた店の者は居場所を失い、そわそわしはじめた。

「よいよい、おまえたちが悪いのではない」

石川儀兵衛があるじ然として言い、用人がそのあとを受けた。

「すぐそこです。私が日之出屋にひとこと言って参りましょう」

「ふむ」

儀兵衛がうなずき、用人はその場から日之出屋に向かった。中間と日之出屋の奉公人も、戸惑いながらそのあとにつづいた。

この瞬間、仙左たちの座っている茶店の縁台のすぐ先に立つのは、石川儀兵衛ひとりとなった。しかも仙左たちに背を向けている。

(ああ、あああ)

胸中に声を上げたのは、角から見ている風太郎だった。仙左、お勢、矢之市たち三人の全身が、緊張のかたまりとなったことを感じ取ったのだ。

三人の意思が一つになり、互いに胸中でうなずきを交わしたのは、石川家の用人があらためて日之出屋に向かい、中間と日之出屋の使い走りがそのあとに従ったときだった。この瞬間、茶店の前に立つのは、石川儀兵衛ひとりになった。それらを角から風太郎は見ている。

その風太郎が胸中に声を上げたのは、仙左と矢之市が抜き身の匕首を手に茶店の部屋を飛び出したときだった。お勢はその場から用人の動きに備え、手裏剣を手にかざした。

それら三人は無言だった。儀兵衛がふり返り、用人が背後の異変に気づくのを恐れてのことだ。風太郎の助言が生きている。

茶店を一歩飛び出せば、そこに石川儀兵衛が背を向け立っている。

瞬時のことだ。仙左と矢之市は飛び込みながら腰を落とし、刃物の切っ先を儀兵衛の背に刺し込んだ。

その瞬間、

「仇討《あだう》ちぞーっ」

「知ったるかーっ」

叫んだ。

「ぐぐっ」

儀兵衛のうめき声は低く短く、仙左と矢之市が深く刺し込んだ匕首を、力を込めて引き抜くなり、傷口は激しく血を噴き、儀兵衛の身は崩れ落ちた。それが地にうずくまったとき、まだ息はあったようだが二カ所の深い刺し傷に、もう助からないことは誰の目にも明らかだった。

匕首を引き抜いた仙左と矢之市は巧みに飛び散る血潮を避け、きびすを返した。

周囲はようやく異変に気づき、この段に用人がふり返った。仙左と矢之市が匕首を儀兵衛の背から引き抜いたときだった。そこへ用人は刀に手をかけ、走り込もうとした。仙左と矢之市が危ない。

「うっ」

用人はその足をとめ、中腰になり刀を払った。

――キーン
金属音が響いた。いずれかより飛来した手裏剣を叩き落としたのだ。つぎに顔を上げたとき、儀兵衛が崩れ落ちるそこに動いていた町人ふたりの姿は、もうなかった。手裏剣もどこから飛来したか分からない。放ったと思われる方向にも、女が立っているだけでそれらしい者の姿はなかった。

いま現場にあるのは、殺しの直後で崩れ落ちた石川儀兵衛と、近辺で身を硬直させている数人のみで、まだ騒ぎにはなっていなかった。

三人がさっさと、しかもさりげなくその場を去ったのは、右に左に別々の方向であった。もちろん、申し合わせたとおりだ。

悪徳目付の抹殺は、ここに成《な》った。

（うーむ。案ずるより産むが易《やす》しとは、これをいうか）

角から見ていた徒目付の野間風太郎はうなった。

町奉行所はむろん、城中の目付詰所も事件探索に、

（動かぬ）

ことを、風太郎は町人の刃《やいば》に石川儀兵衛が斃《たお》れた瞬間に覚《さと》った。

同時に思えてきた。

（女のお勢が頭《あたま》か、その弟の仙左、弟分の矢之市たちめ、他に比すべき者なき闇走りの一群になったるか）

風太郎の足が、かすかに震えた。

震えながら思った。

(あいつら、御小人目付にゃ大きすぎるぞ)

五

翌日である。

朝から三人は、普段の仕事に戻っていた。

仙左は四ツ谷にながれる甲州街道の一角で、枝道へ曲がる角がちょっとした広小路になったところに陣取り、その日の鋳掛屋を始めた。その広小路に開業する物売りや小道具類の修繕屋たち、商人や職人など職種はさまざまだが、鋳掛屋の仙左は地元で常連になっている。

町場の一角に開業するときは、ただ商売道具を広げて客を待つのではなく、鍋の底を叩きながら、

「いかーけ、鋳掛。本日は町内。ご用の向きはさっそくにーっ」

と、町内をひとしきりながしてから、陣取ったところに鋳掛道具をならべ、火を熾《おこ》し始める。炭火が熱く燃える時分に近所の女中衆やかみさんたちが、穴の開いた鍋や釜をひとつふたつと持って来て、手持ちぶさたに客を待つことなく仕事にかかることができる。こうした仕事始めの間合いのとりかたが、仙左は実にうまい。時間を無駄にしないのだ。

きょうは四ツ谷界隈で仙左には地元だが、それでも営業まえは、

「いかーけ、鋳掛」

触れてまわり、手をはぶくことはない。

しかもきょうの街道での仕事は、特別の意義があった。

(はたしてきのう、俺たちに気づいた者がいたかどうか……)

もし、みょうな顔で仙左を見つめる者がいたなら……、それとも、

『おめえ、きのう鋳掛じゃのうて、どっかの使い走り、してなかったか』

などと声をかけてくる者がおれば、変装が確実ではなかったことになる。

内心の緊張を抑《おさ》え、鍋の底を叩き、触売《ふれうり》の声をながした。

二度、三度……。

はたして鋳掛の用ではなく、

「おめえ、きのう……」

声をかけてきた者がいた。

伊賀町の奥の長屋に住む、顔見知りの古着買いの男だった。古着を買い集めて古着屋に卸《おろ》すことをもっぱらにしているが、もちろん買った品を自分で売り歩くこともある。仙左やお勢、矢之市も、世話になったことがある。

仙左は内心ドキリとし、

「おう、なんでえ。古着買いじゃねえか」

足をとめた。古着買いが〝きのう……〟というからには、きのうの石川儀兵衛殺しについて、最初に聞く町の声となる。緊張を覚えざるを得ない。

しかもきのう、路上の目撃者のなかに、この古着買いのいたことが、うっすらとだが記憶のなかにあるのだ。実際にいたなら、仙左にとって最も危ない町内の者となろうか。

古着買いは言った。

「おめえ、こんなとこでのんびり仕事しようなどしてやがるが、きのうえれえ殺しがあったのを知らねえのかい」

　仙左の緊張は安堵に変わった。仙左がいかに変装をしていようと見分けられそうな町内の住人が、きのう日本橋で殺しのあったことを仙左に話そうとしているのだ。仙左を疑っているのではない。それが日ごろから仙左の面を見知っている者であれば、町の住人たちのいずれもが変装に気づいていなかったことを、古着買いの言葉は物語っている。

「殺し？」

　安堵のなかに仙左は合わせた。街道での古着買いと鋳掛屋の、ありきたりの立ち話になっている。

「それもえれえ殺し？　知らねえなあ。人がいっぱい殺されたのかい。犬や猫だってんなら怒るぜ」

「なにとぼけたこと言ってやがる。殺されたのは人がひとりだ。それがすげえのよ。誰だと思う」

「焦《じ》れってえぜ、おめえらしくもねえ。誰なんでえ」

「驚くなよっ」

話すほうが興奮している。

「幕府の役人、目付の石川儀兵衛ときやがったぜ。奢侈ご法度のお触れ以来、なぜか飲み喰いの店へ頻繁に出入りしてやがる、みょうな役人よ。殺されたそのお目付よ、あちこちの商家からしこたま袖の下を取ってやがったっていうぜ」

「えええ!」

仙左は驚いた。そのふりをしたのではない。実際に驚いたのだ。幕府の役人が改革の府令に逆らっていることを、町場の行商人までが知っていた。

(俺たちの知らねえところで、それが広《ひろ》う出まわってるってことかい)

同時に、

(お勢姐《ねえ》さんにも矢之市にも、早《はよ》うこのことを!)

思うと、お勢と矢之市の満足げにうなずく顔が脳裡に浮かんだ。

「へん、驚いたようだなあ」

と、古着買いは鋳掛屋がそれを知らなかったらしいことに得意となり、さらに言った。

「殺《や》りやがったのは、俺たちとおんなじ町場の者だったぜ。不意討ちさ、それもふたりで」

　この野次馬も二人組までは見て取ったが、とっさのことにお勢の動きには気がつかなかったようだ。

（よっしゃ）

　仙左は胸中に声を上げた。

　古着買いの目撃談はさらにつづく。

「その俺たちのなかまよ、刃物の切っ先を幕府のお目付に刺し込むときよ、仇討《あだう》ちーっとか、天誅《てんちゅう》っとか叫びやがったぜ。どっちだっておんなじよ。これまで庶民が幾人、やっこさんに殺されているか分かったもんじゃねえ。それを思やあ、殺されたお人らの敵討《かたきう》ちで天誅よ。まわりは拍手喝采さ」

　実際に野次馬たちが拍手したわけではないが、古着買いにすればそう感じたのだろう。

　さすがに古着買いはこの段になると、声を高めたいところを逆に低め、あたりを見まわした。役人の姿がないか確かめたのだろう。

「おかしいぜ」

仙左は返した。

「どこが」

「そんなでけえ話なら、町奉行所のお役人が幾人も出張《でば》って来て大騒ぎになり、それにきょうだってその余韻《よいん》が日本橋界隈に残ってるはずだぜ。それがまったく伝わってこねえ。その殺し、ほんとかい」

「おめえ、なあんにも分かっちゃいねえなあ」

古着買いは言う。

「なにが」

「考えてみろい。あの刺しと逃げの鮮《あざ》やかさよ。ありゃあ素人《しろうと》じゃねえ。ふたりが町人に見えたのは、いずれ手練れのお武家の変装かも知れねえ」

「ほう」

仙左はまんざらでもなかった。手練れの用人を避けるための不意討ちだったが、それを腕の立つ武家の変装かも知れないと見なされたのだ。

古着買いはさらにつづけた。

「つまりよ、きのうの街道の殺しさ、武家と武家の争いかも知れねえ。町奉行所が手を出せるかい」

「あ、そうか」

仙左は得心したように返し、

「幕府の目付詰所《つめしょ》のお役人たちはどうしてる。出張って来てるようすもねえが」

かくも重要なことを、町場の古着買いに質《ただ》すなどお門違《かどちが》いかと思ったが、それでも答えは返ってきた。

「だからおめえは、ものごとを知らねえってんだ。殺されたのは目付衆の頭《かしら》だぜ。それを町場で騒いでみねえ。お城の人ら、恥の上塗りにならあ。そこで町場の者にゃ分からねえよう、そっと処理してやがったのよ」

「そう、わしもそんなふうに聞いたぜ」

「わたしも、さように」

横合いから声を入れたのは、いつの間に立ち話に加わったのか、町内でよく見かける大工と荒物の行商人だった。

「そうだろそうだろ。ともかく痛快な役人殺しだったたってわけさ」

古着買いは気分よさそうに話を締めくくった。いつの間に加わったのか大工も荒物の行商人も、満足そうにうなずいていた。

　これこそきのう、目付の石川儀兵衛が地に崩れ落ちた瞬間に、徒目付の野間風太郎が脳裡に走らせた、町奉行所と城中の目付詰所、さらに世間の動きだった。そのことごとくが当を得ている。

　さりげない古着買いとの立ち話で、最も満足を覚えたのは仙左自身である。変装が効いたか逃げ足が迅速だったか、身近な者からもまったく疑われていなかったのだ。しかも世間には女の仲間など存在していないことになっている。仙左、お勢、矢之市たちにとって、これほどありがたいことはない。

　仙左はいま、仕事始めの呼びかけの途中だった。

「あ、いけねえ。早《はよ》う戻らにゃ穴の開いた鍋や釜を持ったお人ら来ちまわあ。まだ火も熾《おこ》しちゃいねえのによ」

　と、その場を離れた。

　いま脳裡にあるのはやはり、

（早うこのこと、お勢姐《ねえ》さんと矢之市に……）

　きょう夕刻近く、三人はまた伝馬町の仙左の長屋に膝をそろえることになっている。午間《ひるま》それぞれがどこへ出ているか、用心のため互いに知らないのだ。西の空に陽のかたむくのが待ち遠しい。

六

午過《ひるす》ぎである。

お勢は市ケ谷八幡町のなじみの座敷に出ていた。奇《く》しくもそこは、奢侈ご法度の府令と直接の係り合いはないが、江戸市中の道普請《みちぶしん》や橋普請の算段をする作事方《かた》の役人と、作事人たちを差配する親方の場だった。作事人たちを差配するのは、作事《さくじ》を請け負う商人でもある。作事の商家が関連する役人の接待と、お勢は聞いている。かたわらにはべる芸者は、あらかじめ座敷がどのような性質のものか、聞かされる場合が多い。客の話に合わせるためだ。

だがこの場の話題はもっぱら、きのうの目付殺しの一件だった。

役人は用人を供に、商人は作事に詳しい番頭を連れ、座に着いたときから両者のあいだには、緊張の糸が交差しているのが感じられた。

「いったい、手を下したのは何者……。しかも用意周到のような、逆に行き当たりばったりのような……」

「手前どもも、ただただ驚き、下手人など見当もつきませぬ。それらしい人のうわさも、聞いたことがありませぬ」

役人の言葉に商人がつなぐ。双方とも相手を探ろうと、脳裡で計算などしていないようだ。ただ事件に感じたことを正直に吐露《とろ》していることが、座にはべるお勢が誰よりもよく感じ取っている。

お勢が熱燗《あつかん》の徳利《とっくり》を手に、

「まあまあ、人が人を殺すなんて、そんな恐ろしいこと。聞いただけで身も心も震えますよう」

話題を変えようとするが、客の話はそこからなかなか離れない。双方とも目付殺しにはよほど衝撃を受けたのだろう。

「ともかくあの目付はわしとおなじ役人ながら、あからさまに私腹を肥やしていたからのう。喰えぬ男じゃった。敢《あ》えて誅殺《ちゅうさつ》といおうか。したが、どこの誰がやったのか、気になるのう」

「御意」

商人の短い返事には、心がこもっていた。

お勢は徳利をふたりの盃《さかずき》にかたむけ、

「お客さま方は、あの目付のお人とは異なりましょう。おふたりはお江戸の庶民の日々を至便にするため尽力されておいでですよ。感謝こそされ、恨みのからむ余地など、まったくないじゃありませんか」

「そのとおりじゃが、お勢。きのうの下手人のう、そこにつながるうわさなど聞いたら、そっと報《しら》せてくれ」

役人の言葉に商人もうなずきを入れる。

やはり双方とも気になるようだ。

「もちろんですとも。したが、それが誅殺なんて、うわさにするも恐ろしゅうございます」

お勢は熱燗の徳利を手にしたまま、ピクリと上体を震わせた。

商人が笑って言う。

「ふふふ。やはり女のおまえには、そうですかな。いやいや、男の私にとっても恐ろしい。誰が殺《や》ったかまったく判らぬとは」

「さよう」

役人も言う。

商人がそれを笑って言うのは、恐ろしさをごまかすためかも知れない。

ようやく客たちの話題は、きのうの事件から離れた。

それにしても石川儀兵衛殺しは、普請に関わる役人と商人の組み合わせなら、避けては通れない話題だったのだろう。それが実感でき、お勢はきょういい客にめぐり合わせたのかも知れない。

このことを早く、仙左と矢之市に知らせたい。石川儀兵衛の悪行は武家や商人のあいだに知れわたり、〝誅殺〟との言葉が、儀兵衛とおなじ役人の口から聞かれたのだ。これこそ仙左とお勢と、さらに矢之市が念頭に置いていたことなのだ。

陽は中天を過ぎ、西の空にかなりかたむきかけていた。

矢之市はかわら版屋であれば、仙左やお勢が思ったとおり広い範囲に聞き込みを入れていた。長屋の女衆が集まる井戸端《いどばた》、行商人らのたまり場になっている広小路などなど……。

　もちろん街角の立ち話に加わることもある。仙左と古着買いの立ち話にも、大工と荒物屋がきわめて自然に加わっていたのだ。矢之市のうわさ集めも、まったく自然のかたちで進んだ。

「うひょーっ」

　うわさを集めながら、矢之市は秘《ひそ》かに声を上げた。

　長屋の井戸端や広小路や往還の立ち話でも、飛び交っているのは仙左やお勢が耳にしたのとおなじだった。石川儀兵衛の悪徳は知れわたり、誰が手を下したか判らないものの、

「これまで目付に消された旦那衆の、そう敵討《かたきう》ちだぜ」

　人々は言い、

「そう、誅殺さ。世間がそれを望んでいたのよ」

　誰もが言った。

　そこまで石川儀兵衛の悪行は知れわたり、世間がその抹殺を望んでいたなど、矢之市たちの想像をはるかに超えるものだった。

さらに矢之市は聞いた。

「誰が殺りやがったか知らねえ。知ってても、喋《しゃべ》るやつはいめえ」

「そう、その二人組さん、庶民の思いをおもてにしてくれたんだからねえ」

聞きながら矢之市は、

『そのひとり、……俺だぜ』

叫びたい衝動に駆られた。

もちろんそのつど大きく息を吸い、昂《たかぶ》った衝動を消した。

矢之市も念じた。

(この町場の声、早うお勢さんや仙左の兄イに知らせてえ)


陽が西の空に大きくかたむいた。

伝馬町の仙左の長屋である。

いましがた、すり切れ畳に三人が膝をそろえたところだ。

いずれもが、聞いた話をひと呼吸でも早く話したがっている。

三人がまっさきに話したのは、石川儀兵衛を刺したのは二人組で、そこに女はいないということだった。

さらに、

「あの用人……」

が、三人の一致した話題になった。あるじ儀兵衛の下知《げじ》とはいえ、殺害に直接手を下したのだ。

（許せぬ）

思いは、三人に共通している。

だが、お勢は言った。

「あたしたちの素性はおもてになっておらず、世間もそれを追及しようとはしておりません」

仙左と矢之市はうなずく。

お勢はつづけた。

「いまここであたしたちがあの用人の始末に、新たな動きを見せるのは危険です。用人はあるじ次第です。そのあるじはすでにおりません。悔しさは残りますが、捨ておきましょう」

「むむっ」

「それはっ」

仙左と矢之市は不満の声を洩らしたが、

「仕方あるめえ……か」

仙左が言い、矢之市もうなずかざるを得なかった。

しかし三人は、

『これで、まあ、ひと安心』

心に思っても、口に出すことはなかった。声にしてしまえば、実際に気がゆるむのを知っているからだ。戦いは、これで終わったわけではないのだ。

このあとひとしきり三人がそれぞれ話したかったことを話し、お勢はあらためて言った。低く落とした声だった。

「ともかくこれで世の理不尽をひとつ、成敗しました。これからも糺《ただ》したくなるコトは、嫌でも出来《しゅったい》しましょう」

「捨ておけねえことなら、またやろうぜ。姐《ねえ》さん」

仙左が即座に返し、さらに、

「なあ、矢之市。こたびはおめえがいてくれたから、なんとかうまくやれたようなもんだ。このつぎもまた……」

お勢がうなずきを見せる。

だが矢之市は、

「ちょっと待ってくんねえ。そりゃあ許せねえ理不尽なら……。そのめえに、俺《おり》ゃあかわら版屋だ。うまく兼ね合いがつくかどうか」

顔の前で手の平を振り、それを見たお勢は、

「矢之市さん、ほんに力になってくれました。したが、つぎもと無理強《むりじ》いはできませんねえ」

矢之市が武家の出でないことを言っているのは、仙左はむろん矢之市当人にもすぐ分かった。

「ふむ」

仙左は声に出し、それ以上この場で合力の依頼を口にしなかった。

――武家の出として、武家の許せぬ理不尽を糺す

それがお勢と仙左の、そもそもの出発点なのだ。

「ま、その次が来りゃあ」

矢之市は言った。合力できぬとは言っていないのだ。

七

三人の膝詰《ひざづめ》が一段落したころ、部屋の行灯《あんどん》に火が欲しくなっていた。

「まあまあ、もうこんな時分に」

お勢は部屋の隅の行灯を引き寄せようとした。

「あ、姐《あね》さん。あっしはこれで」

矢之市が言い、腰を上げようとした。

「おぉう、やはりここだったかい。しかも三人そろうてよ」

勝手に玄関へ入り、三和土《たたき》から部屋に声を入れたのは、着ながし姿の野間風太郎だった。

すり切れ畳の上は、殺しの話をしたあととあっては、いくらか緊張感を残していた。

「探したぜ。おめえら殺しの翌日にゃさりげなくそれぞれの仕事に入《へえ》り、夕刻になって顔をそろえるたあ、その用心深さ、なかなかのもんだぜ」

言いながらすり切れ畳に腰を据え、上体を三人のほうにねじった。

相手が役人でしかも徒目付であっても、三人は嫌がる素振りは見せない。

(風太郎の旦那なら、役所の話が聞ける)

と、むしろ歓迎したい気分になっている。

仙左の部屋だが、またお勢が、

「これはこれは旦那。その用心深さって、見てたんですか、きのうのこと」

「ああ、見てた。日本橋の日之出屋から出て来たところじゃのうて、入《へえ》るところを狙うたあ、さすがおめえら、うまく趣向《しゅこう》を変えやがったなあ」

「たまたまそうなっただけでさあ」

仙左が言ったのへ風太郎は、

「まあ、それはともかく、きょう茶店の伊賀屋に行って、ご隠居衆とちょいと話したさ。伊右衛門さまも甲兵衛さまも、きのうのお目付殺し、おめえたちの仕業《しわざ》と見当つけておいでだったぜ」

「えっ、まさか旦那が」

矢之市が声を荒げたのへ風太郎は、

「早とちりするねえ。あのご隠居方も、ずっとおめえたちの動きを気にしてなさった。結果を見りゃあ、見当もつこうよ」

「ふむ」

矢之市はうなずき、仙左もお勢もそれにつづいた。

風太郎は言葉をつづけた。

「俺がきょうおめえたちを探したのは、幕府のお目付というより水野家の元横目付が殺され、二十四年めえの忠邦公の下知がどうなるか。それを話すためじゃ。ご隠居おふたりも、それを気にしてなすってなあ」

「なんのことですかい」

矢之市には意味が分からない。風太郎もお勢も仙左も、忠邦の下知を矢之市にまだ話していない。話す必要もない。首をかしげる矢之市を無視するように風太郎はつづけた。

仙左とお勢は、無言で風太郎を凝視している。ふたりにとってうっとうしいことはいえ、やはり気になるのだ。

「まあ、これで二十四年めえの忠邦公の下知を、頑《かたく》なに奉じる輩《やから》がいなくなったのは、ともかくめでてえ。それをやってのけたのがまたおめえたちとあっては、ますますおもしれえ」

「うむ」

仙左とお勢は同時にうなずいた。

風太郎は言う。

「おそらく儀兵衛はその下知を配下に伝えていよう。それを現在《いま》の水野家の横目付がどう奉じるか」

仙左とお勢にとっては、これまでどおり命を狙われつづけるかどうか、深刻にしてやっかいな問題だ。ふたりの視線は、なおも風太郎から離れない。

「いってえ…………」

また首をかしげる矢之市におかまいなく、風太郎はつづけた。

「向こうの内幕は見えてこねえ。まあ、ご隠居たちも、ようすを見てみようということになってなあ。俺も気を配るが、おめえらも用心しておきねえ。うっとうしいだろうが」

　仙左とお勢は風太郎を見つめたまま、

「まったくうっとうしいことで」

「ともかく徒目付の野間さまが、こうしてお知らせくださる。ホントありがたいことです」

　仙左はうなずき、お勢は頭を下げた。

「ところでおめえら三人、茶店伊賀屋の伊右衛門旦那からお声がかかっておる。口入屋の甲州屋甲兵衛さまもおそろいでな。酒も出しそうな口ぶりだったが、どうする。もちろんいますぐじゃのうてもかまわねえが」

「けっ、酒で釣って御小人目付になれってかい。その話なら他所《よそ》でしねえ」

　仙左がいつもの反応を示し、お勢がうなずけば矢之市も、

「それなあ、おもしれえかも知れねえが、身柄を縛られたんじゃ、かわら版屋ができやしやせんからねえ」

「それほど身柄を縛るわけじゃねえが、まあ、おめえららしい答えだ。ご隠居のお二方《ふたかた》にゃ俺から話しとかあ。ともかくおめえら、町奉行所の岡っ引や、目付詰

所の御小人目付なんぞに収まってよろこんでる輩《やから》じゃねえからなあ」

　言うと風太郎は、

「邪魔したなあ」

　と、すり切れ畳から腰を上げた。

　外もすでに提灯《ちょうちん》が欲しいほど暗くなっていた。


　三日ばかりを経た、午過《ひるす》ぎである。仙左とお勢と矢之市が、示し合わせたように茶店伊賀屋に顔を出した。呼ばれたのではない。仙左たちのほうから、

（伊賀屋に行けば）

　と、率先して足を運んだのだ。

　奇《く》しくも伊賀屋伊右衛門、甲州屋甲兵衛、野間風太郎も顔をそろえていた。

　仙左は奥の部屋に入るなり、

「酒なんざ出してもらっても、飲めやせんぜ」

　と、御小人目付の話で来たのでないことを明確にした。

「分かっておる」

伊賀屋伊右衛門が得心したように返す。

伊右衛門たち三人も、仙左らが事件を聞き、急ぎ集まって来るはずと予測していたようだ。

けさ早くだった。

馬廻《うままわ》り役の旗本仲江右之助《なかえうのすけ》が出仕のため屋敷を出たところ、何者かに刃物で刺し殺されたのだ。従っていた中間の話では、町人がひとり不意討ちだったらしい。刺すなり遁走《とんずら》し、面《つら》は確かめられなかったという。

仙左はきょう来た目的を言った。

「旦那方に、心当たりはありやせんので？」

「ほう。おまえたちも、下手人を知らぬようだのう。わしらも知らぬ。けさがた初めて事件を聞き、おまえたちなら心当たりがあろうかと思い、来るのを待っておったのじゃが」

伊賀屋伊右衛門は言う。

「えっ、旦那方も!?」

お勢が驚きの声を上げた。

馬廻り役の仲江右之助は、新刀の試し斬りで内藤新宿のめし屋太平のあるじ幸兵衛を斬殺した男である。

今朝、この第一報を聞いたとき、隠居の伊賀屋伊右衛門たちは仙左たちの仕業と推測し、仙左たちは新旧徒目付の三人衆に訊《き》けば、多少は係り合っているかも知れないと思ったのだ。

ところが仙左たちも新旧徒目付の三人衆も、まったく係り合っていなかった。六人は互いに顔を見合わせた。双方とも、そこに嘘《うそ》はなかった。

手を下したのは町人姿で、数日まえの仙左たちの殺しを倣《なら》ったとも思われる。おそらく、めし屋太平に係り合いのある者だろう。

隠居の伊賀屋伊右衛門が、ゆっくりとした口調で言った。

「ならば、誰がやったか、詮索《せんさく》は無用じゃのう」

「御意」

野間風太郎は返した。

お勢も、

「そう願いたいですねえ」

言ったのへ、仙左と矢之市は大きくうなずきを見せた。

この事件も、お城の目付詰所の管掌《かんしょう》になるのか、それとも町奉行所が扱うのか、きわめてあいまいだった。こたびも石川儀兵衛が〝何者か〟に〝誅殺〟されたときのように、目付詰所も町奉行所も手を出しにくい、扱いたくないかたちの事件だった。下手人はそこまで倣《なら》い考え抜いたか、相当切れ者のようだ。

さらに四日ばかりが過ぎた。

かわら版屋の矢之市が、大量に摺《す》ったかわら版を抱え込み、人目を忍ぶように往来人に声をかけ、一枚一枚売っていた。

大勢の前で内容の一節を大きな声で読み上げ、派手に売っているのではない。お上《かみ》の目にとまれば没収され、身柄は自身番に引かれそうな内容の場合、かわら版屋は往来人や民家の庭で一人ひとりに、

「お話だよ、お話」

と、声をかけ、そっと売る。もちろん効率は悪い。だが、内容によってはそのほうがよく売れ、値も張って利も多くなる。

それをいま矢之市はやっている。自分ひとりではなく、ほかに売り手を数人雇

っていた。いずれもよく売れている。

買った者は急いで家に持ち帰るか、あるいは物陰でそっと開く。

書いてある。ここひと月ばかりに起きた辻斬り、無礼討ちのかずかずが、誰がやったかその理由はなにか、ともかく詳しいのだ。そればかりか、おなじ紙面にお城の目付も町奉行所も、探索に乗り出そうとしない事情まで書かれている。

なるほどこれならかわら版は没収され、身柄は自身番どころかいきなり奉行所に挙げられてもおかしくない。

だが矢之市は、雇った売り手たちに言っていた。

「お上《かみ》に話はついてらあ。おめえたちがこれでどっかに引っ張られることはねえ」

実際にそうだった。

そのかわら版の一枚を手に、仙左はお勢の長屋に顔を出していた。

「矢之市に闇走りだけじゃのうて、こんな才能まであったなんざ……」

言えばお勢も、

「ほんに器用な……。これもなにかに役立ちそうな……」

まじめな表情で言った。

野間風太郎もいずれかでおなじかわら版を手に、お勢とおなじことを、同僚や御小人目付たちに言っていた。

言いながらさらに、

(こんな事件がつぎつぎと……。徳川さまのご差配、このさき大丈夫かい)

役人が思ってはならないことを、ふと脳裡に走らせた。

その日、歴史では幕末の近づいた天保十二年(一八四一)、すでに秋を感じる文月《ふづき》(七月)に入り、間のないころだった。

この作品は徳間文庫のために書下されました。

徳間文庫

仙左とお勢 裏裁き

辻《つじ》斬《ぎ》り始《し》末《まつ》

2024年6月15日 初刷

著者 喜《き》安《やす》幸《ゆき》夫《お》
発行者 小宮英行
発行所 株式会社徳間書店
東京都品川区上大崎三—一—一
目黒セントラルスクエア 〒141—8202
電話 編集〇三(五四〇三)四三四九
販売〇四九(二九三)五五二一
振替 〇〇一四〇—〇—四四三九二
印刷 製本 大日本印刷株式会社

ISBN978-4-19-894952-5 (乱丁、落丁本はお取りかえいたします)